A Doença

Título original: *La Enfermedad*

Editor | Edson Manoel de Oliveira Filho
Produção editorial | É Realizações Editora
Capa | Daniel Justi
Diagramação | Mauricio Nisi Gonçalves / Nine Design
Preparação de texto | Gabriela Trevisan
Revisão | Valquíria Della Pozza
Imagem de capa | Alamy

CIP-Brasil. Catalogação na Publicação
Sindicato Nacional dos Editores de Livros, RJ

B258d

Barrera Tyszka, Alberto, 1960-
A doença / Alberto Barrrera Tyszka ; tradução Marco Catalão. - 1. ed. - SãoPaulo : É Realizações, 2024.
184 p. ; 21 cm.

Tradução de: La enfermidad
ISBN 978-85-8033-426-5

1. Romance venezuelano. I. Catalão, Marco. II. Título.

24-91671 CDD: 863
CDU: 82-31(87)

Gabriela Faray Ferreira Lopes - Bibliotecária - CRB-7/6643
19/04/2024 2 5/04/2024

É Realizações Editora, Livraria e Distribuidora Ltda.
Rua França Pinto, 498 · São Paulo SP · 04016-002
Telefone: (5511) 5572 5363
atendimento@erealizacoes.com.br · www.erealizacoes.com.br

Este livro foi impresso pela Gráfica Paym em junho de 2024. Os tipos são da família Dante MT Std. O papel do miolo é o Lux Cream 70 g., e o da capa cartão Ningbo CS2 250 g.

Alberto Barrera Tyszka

A Doença

Tradução de
Marco Catalão

É Realizações
Editora

No dia 6 de novembro de 2006, um júri composto por Salvador Clotas, Juan Cueto, Esther Tusquets, Enrique Vila-Matas e o editor Jorge Herralde concedeu o XXIV Prêmio Herralde de Romance, por unanimidade, à obra *A Doença*, de Alberto Barrera Tyszka.
Foi finalista o livro *Morte de um Murciano em Havana*, de Teresa Dovalpage.

I

– Já saíram os resultados?

Assim que pronuncia a pergunta, ele se arrepende imediatamente. Andrés Miranda gostaria de detê-la no ar, devolvê-la ao seu local de origem, escondê-la de novo sob um silêncio. Mas não pode, já é tarde demais. Agora ele só tem diante de si o rosto do chefe do departamento de radiologia: seus lábios são um nó no meio da boca, seus olhos pretos parecem duas manchas; ele só lhe oferece um sorriso de solidariedade forçada enquanto estende um envelope grande, cor de tabaco. Não diz nada, mas sua expressão é quase uma sentença: múltiplas lesões que sugerem uma doença metastática, por exemplo. Esse esgar diz algo assim. Os médicos quase nunca usam adjetivos. Não precisam deles.

– As imagens das tomografias também estão aqui?

O chefe de radiologia nega com a cabeça, enquanto desvia o olhar para o corredor.

– Eles disseram que vão enviá-las diretamente para você.

Andrés se sente envolvido por um estranho incômodo, como se no fundo os dois estivessem fazendo um grande esforço para não quebrar o frágil equilíbrio do momento. Agradece e começa a caminhar de volta ao consultório. Não lhe disseram nada, ele não viu as imagens, não sabe o resultado, e ainda assim já sabe que seu pai está com câncer.

Por que nos custa tanto aceitar que a vida é uma casualidade? Esta é a pergunta que Miguel sempre faz quando está prestes a começar uma cirurgia. Todos estão com seus jalecos verdes, suas luvas e suas máscaras cirúrgicas; a luz branca da sala de cirurgia parece flutuar no frio do ar condicionado. E então Miguel ergue o bisturi, olha para Andrés e pergunta: por que nos custa tanto aceitar que a vida é uma casualidade? Algumas enfermeiras não gostam desse modo de começar. Talvez percebam que não é um bom prólogo, que é quase uma justificativa prévia para o caso de algo dar errado. Andrés sabe que não se trata disso, ele conhece bem Miguel, desde a época da universidade. Sabe que a pergunta não comporta nenhum cinismo. Em vez disso, parece-lhe uma expressão autocompassiva, uma oração piedosa; uma forma de reconhecer os limites da medicina diante do poder infinito da natureza, que é o mesmo que reconhecer os limites da medicina diante do poder infinito da doença.

Logo que entra em seu consultório, assim que fecha a porta, ele começa a tremer. Sente que, de repente, seu corpo começa a respirar de outra forma, com outros sons e outros movimentos. Como se tivesse outra criatura dentro de si, desarmada, tropeçando; como se estivesse parindo um desabamento. Corre para alcançar a cadeira atrás da escrivaninha, senta-se. Ainda está com o envelope nas mãos. Dentro deve haver duas imagens do tórax. Fotos azuis, transparências duras, cortantes. O corpo de seu pai transformado num desenho difuso onde, no entanto, a morte pode ser retratada com cruel nitidez. Andrés tem medo, embora não seja um medo novo: está aí há anos, rondando-o. Deve ser o mesmo temor que, sem explicação e com tanta frequência, o ataca saltando de sua própria sombra. É a angústia que se detém no seu peito algumas noites, impedindo-o de dormir. Provavelmente todos nascemos com um medo como esse, tão impreciso quanto contundente. Ele vagueia dentro de nós, sem saber aonde ir, mas sem jamais nos deixar. Prepara-se, educa-se, esperando o instante exato em que deve aparecer. É um presságio, uma voz que ainda não sabe claramente o que tem a nos comunicar. Mas ressoa. E é um som indecifrável, incompreensível, que goteja insistentemente, uma chamada de alerta. Andrés o ouve há anos, foge dele, tenta espantá-lo. Nunca teve sucesso. Agora, essa ansiedade finalmente tem uma primeira forma: o rosto do chefe de radiologia, aquele olhar esquivo, aquela feição resignada. Ele já viu essa expressão muitas vezes. Ele mesmo teve que ajustá-la ao rosto em mais de uma ocasião. É a ilustração que acompanha uma má notícia clínica, a primeira parcela dos pêsames. Você está pronto para isso? Ele não sabe.

O telefone toca. É Karina, sua secretária. Informa que seu pai está de novo na linha, voltou a ligar, pergunta se ele pode atendê-lo agora.

– Estou tão mal que você nem quer mais falar comigo?

É assim que o pai o saúda. Em tom jocoso, é claro. Andrés também conhece essa forma de nervosismo. É um clássico. Muitos pacientes recorrem a essa estratégia, estão em uma linha frágil onde tudo é meio de brincadeira e meio a sério ao mesmo tempo; tentam demonstrar normalidade, quando de fato estão apavorados e não deixaram de pensar nem um segundo no possível resultado de seus exames. Passaram horas perseguidos pelo medo de doenças fatais; descobriram uma dor inédita em cada movimento; pressentiram manchas suspeitas onde antes só viam sua pele... Mas então eles se aproximam do médico tentando fingir uma naturalidade peculiar: sorriem, mas parece que estavam prestes a chorar. Fazem perguntas como a que seu pai acabara de fazer.

– Não liguei antes porque só agora me trouxeram seus exames – diz Andrés.

– E aí?

– A princípio, está tudo bem – ele diz, tocando com os dedos a borda fechada do envelope.

– A princípio? Que merda isso quer dizer, Andrés?

– Calma, pai. Estou dizendo que você está bem.

– Você está me dizendo que *a princípio* eu estou bem: é diferente.

Ele também conhece perfeitamente esse procedimento. Em geral, os pacientes precisam destrinchar cada palavra; espremem-nas procurando seu significado mais direto, desbastando qualquer nuance. Querem deixar fora de questão até os sinais de pontuação. Um paciente sempre suspeita de que não estão lhe dizendo a verdade, ou que ao menos não estão lhe dizendo *toda* a verdade, que há algo que escondem dele. Por isso insistem, esmiúçam tão desesperadamente em todos os lugares, até na linguagem. Neste caso, no entanto, seu pai tem razão. Andrés disse "a princípio" porque ainda não viu as imagens. Por que não as pega agora mesmo, por que não abre o envelope e as examina? O que o impede de olhar o resultado?

O rosto do chefe de radiologia ficou suspenso como um balão dentro do consultório. Os corredores dos hospitais costumam estar cheios de balões como aquele. Eles deslizam lentamente no ar, todos iguais, plásticos tênues onde se pintam sobrancelhas arqueadas para baixo, bocas graves, gestos sóbrios: puros sinais de resignação. É uma cerimônia, um protocolo clínico. Os hospitais são lugares de passagem: templos para o adeus, grandes monumentos às despedidas.

– Eu te disse *a princípio* porque ainda não tenho todos os resultados. Os que acabam de me trazer estão bons.

– Isso quer dizer que...

– Que está tudo bem, papai – interrompe Andrés, já incomodado. Não suporta mentir por muito tempo. – Vá dar uma volta, vá tomar um café e conversar com os amigos. Está tudo bem, sério.

– Tem certeza?

– Claro.

Ficam por um instante em silêncio. É uma pausa tensa, insuportável. Andrés quer desligar. Sabe que seu pai está indeciso, que ainda duvida. Pode imaginá-lo em seu apartamento, sentado no braço do sofá verde, ao lado do telefone, apertando o aparelho, pensando. De repente Andrés se sente parado sobre um nada profundo, sobre uma vertigem. Mais que em silêncio, ficam um instante no vazio, até que:

– Você não mentiria para mim, não é? – O pai fala a partir dos ossos. Com aquela voz áspera, mas próxima, com que os ossos falam. – Andrés – continua –, se eu tivesse algo sério, você nunca esconderia de mim, certo?

Andrés tem um ouriço na língua. Sente que sua garganta de repente está cheia de cascas de abacaxi. Contra sua vontade, seus olhos estão úmidos. Teme que a voz lhe falhe. Faz um grande esforço para falar.

– Eu nunca o enganaria, papai – diz, enfim, com rouca intimidade.

– Isso é tudo o que eu queria ouvir. Obrigado.

* * *

Prezado Doutor Andrés Miranda,

Espero que se lembre de mim. Não foi fácil conseguir seu e-mail. Se o senhor soubesse quantas coisas eu tive de fazer para obtê-lo! Mas essa é outra história. A questão é que já estou aqui, lhe escrevendo. Não pense que me sinto à vontade. Nunca gostei de escrever. Não gosto, não me sinto bem fazendo isso, não sei onde pôr as palavras nem o que dizer. Mas de alguma forma as circunstâncias estão me forçando, não me resta outra saída.

Preciso que nos vejamos urgentemente, doutor. Estou desesperado. Há três semanas está acontecendo uma situação muito estranha e muito misteriosa. Quando ligo para o seu consultório, me dizem que o senhor não está, ou que não pode me atender. Se peço uma nova consulta, também recusam, dizem que não podem marcar uma nova consulta. E também não me dão mais explicações. Tenho certeza de que o senhor não sabe nada sobre esta situação, de que não está a par. Seria impossível que o senhor se comportasse assim comigo. Mas, então... quem está fazendo tudo isso comigo? E por quê?

Esse é o motivo desta mensagem, doutor. É o único meio que eu tenho agora para marcar uma consulta com o senhor. Minha situação continua a mesma e minha saúde piora a cada dia. Responda-me diretamente, através desta via. Não confie em mais ninguém, por favor. Preciso vê-lo o mais rápido possível.

Agradeço antecipadamente por sua atenção e repito que estarei aqui, esperando sua resposta.

Ernesto Durán

* * *

O sangue é muito fofoqueiro, conta tudo. Qualquer pessoa que trabalhe em um laboratório clínico sabe disso. Atrás desse líquido escuro, armazenado em pequenos tubos, escondem-se turvos melodramas, naturezas vencidas ou histórias sórdidas que fogem da lei. Quando seu pai desmaiou, Andrés o obrigou a fazer todos os exames de sangue. O velho Miranda resistiu. Tentou minimizar o fato. Preferiu a palavra "esmorecimento" à palavra "desmaio". Insistiu nisso de uma maneira quase ridícula.

– Foi um esmorecimento – repetia, atribuindo o fato à umidade do tempo, à letargia do verão.

Segundo ele, era mais um descuido climático do que um acidente físico. Mas caiu como um saco de verduras na frente da vizinha do 3B. Conversavam sobre alguma coisa – nenhum dos dois se lembrava do assunto – quando de repente o pai desabou e a vizinha começou a gritar desesperada.

– Achei que ele tinha morrido! Estava tão pálido! Estava roxo! Eu nem queria tocar nele porque sentia que já podia estar frio! Não sabia o que fazer! Foi por isso que comecei a gritar! – disse a vizinha.

Alguns segundos mais tarde, o próprio Miranda, já consciente de novo, teve que tranquilizá-la e jurar que tudo estava em ordem, que realmente nada tinha acontecido. Havia sido apenas um esmorecimento, ele deve ter dito algo assim. Naquela mesma tarde, no entanto, a mulher ligou para Andrés e contou o que havia acontecido.

– Velha enxerida! – voltou a resmungar o pai quando Andrés foi buscá-lo para o levar ao laboratório do hospital.

Enquanto a enfermeira colhia o sangue, Andrés de repente percebeu que seu pai estava menor. Nunca antes lhe ocorrera reparar em seu tamanho, mas quando o viu ali sentado, com o braço estendido, olhando para cima, evitando o contato visual com a seringa, sentiu que seu pai já não media mais o mesmo tanto, que havia perdido estatura. Javier Miranda é um homem alto, com quase um metro e oitenta. Alto e magro, com um porte bastante atlético. Caminha sempre ereto, como se suas costas não lhe pesassem. Apesar da idade e dos cabelos grisalhos, parece jovial, saudável. O cabelo encaracolado ganhou a batalha com a calvície incipiente. Sua pele tem cor de argila clara. Seus olhos também são castanhos. Nunca fumou, só bebe de vez em quando, caminha todas as manhãs no parque Los Caobos, evita comidas oleosas, come frutas e aveia de manhã, todas as noites mastiga sete grãos-de-bico crus para conspirar contra o colesterol. O que aconteceu?, parecia se perguntar naquele momento. Tinha conseguido domar o tempo com bastante habilidade. Tudo estava indo relativamente bem até que, numa tarde, um desmaio inexplicável o deteve. Aquele simples lampejo breve do equilíbrio os trouxera até ali. Aquele breve instante de repente transformava seu pai em um personagem fraco, ferido, pequeno, menor. "A doença é a mãe da modéstia." Andrés, sem querer, lembrou-se da frase. Pertence ao livro *Anatomia da Melancolia*, de Robert Burton, publicado em 1621. Era leitura obrigatória no primeiro semestre da faculdade. Ficou irritado, porém, com a lembrança. Mais do que ingrata, a citação lhe soou estúpida; escondia a pretensão de fazer da doença uma virtude. Olhou de novo para o pai. Não seria, mais do que tudo, uma humilhação?

Até então, a saúde do velho só tinha chegado ao limiar dos resfriados. Uma breve infecção urinária há dois anos, nada além disso. Tinha uma saúde invejável e, até aquele momento, não havia sinal algum que provocasse angústia. Mas Andrés teve um mau pressentimento. Toda a situação lhe causou uma apreensão especial. Mesmo sem nenhuma evidência, pensou pela primeira vez que o pior poderia acontecer, poderia estar prestes a acontecer. Também ficou irritado por se sentir assim, sequestrado por um palpite, refém de algo tão pouco racional, tão escassamente científico, como uma má premonição.

Seu pai ergueu os olhos e o fitou. Não soube o que lhe dizer. De repente, pareceu-lhe patético que o destino de um homem de sessenta e nove anos pudesse ser resumido apenas em quatro tubos cheios de um líquido escuro, O positivo. Como seu pai poderia se sentir naquele instante? Resignado? Disposto a assumir que estava chegando a um destino já determinado, que aquela era a conclusão natural da sua vida; que agora era a sua vez de entrar numa etapa em que estaria submetido às seringas, viveria dominado por aquele odor asséptico que os laboratórios têm? Olhou-o fixamente e não pôde evitar, teve uma impressão terrível. Não era mais seu pai que suportava com mansidão obrigatória que o picassem, que o tocassem, que coletassem seu sangue. Era um corpo. Outro. Um corpo mais velho e vulnerável onde se torcia inquieto, desejando protestar, o espírito de seu pai. Espírito é uma palavra estranha. Fazia tempo que Andrés não a usava. Sentiu que, pela primeira vez em anos, voltava a pronunciar a palavra espírito.

São os dois. Desde que sua memória é memória, são os dois. Sua mãe morreu quando ele tinha dez anos. Desde que se lembra, Andrés é o filho único de um viúvo, de um homem forte, capaz de lidar com a dor mais imensa, com uma grande perda. Sua mãe morreu em um acidente de avião, em um voo Caracas-Cumaná. O avião permaneceu alguns minutos no ar e depois despencou. Foi uma tragédia nacional. As operações de resgate eram árduas e, na maioria das vezes, inúteis. Prepararam uma sala especial, num recinto oficial do Hospital de La Guaira, onde os parentes das vítimas foram tentar identificar os vestígios encontrados: um pé, metade de uma pulseira, a coroa de um dente... Naquela noite, seu pai voltou para casa pálido, emaciado. Discutiu por um tempo na cozinha com outros membros da família, depois saiu, pegou o menino no colo e foram embora. Andrés já sabia o que havia acontecido. Por mais que suas tias tentassem protegê-lo, ele já tinha conseguido escapar e, escondido, ver na televisão o que havia ocorrido. Quando o pai, com os olhos muito vermelhos, fez um grande esforço para editar a notícia e dizer a ele que a mamãe tinha ido embora, que a mamãe fez uma viagem longa, muito longa, que a mamãe fez uma viagem de onde não iria voltar, Andrés, ainda sem entender muito bem, cheio de medo, confuso, só perguntou se sua mãe estava no avião que havia caído no mar. O pai olhou para ele, indeciso, mas finalmente disse que sim. E o abraçou. Andrés não se lembrava bem, mas achava que eles então choraram juntos.

Andrés passou muitas madrugadas sonhando com a mãe. Era um mesmo sonho que se repetia, com algumas variantes, todas as noites. O avião estava no fundo do mar. Como se não tivesse se espatifado, como se fosse um navio afundado: estava intacto, adormecido entre algas e peixes e sombras que, como teias, dançavam sobre a areia opaca. Dentro do avião, no teto, uma bolha de oxigênio se formava naturalmente. É uma bolha muito frágil que lentamente vai se reduzindo. Sua mãe tentava continuar nadando, com a cabeça dentro da bolha, para poder respirar. Ela parecia ser a única sobrevivente, não havia mais ninguém, apenas peixes de cores distintas e de tamanhos diferentes, que nadam ao lado dela com serenidade surpreendente, quase entediados. Era estranho, mas sua mãe, no sonho, estava com um traje de banho, embora também estivesse usando sapatos. O traje de banho é de duas peças, cor de laranja, enquanto os sapatos eram pretos, de couro.

Com o passar do tempo, o desespero de sua mãe aumentava. Batia com a mão repetidamente no teto do avião. O som era metálico, mas distante, como o ranger de uma lata que tenta abrir passagem no mar. A mãe olhava para fora por uma janelinha: não havia nada. Era tudo água muito escura, uma penumbra líquida onde os olhos se perdiam. O mar, sem memória, destruía tudo com rapidez excessiva. Sua mãe, então, alterada, quase asfixiada, batia mais forte no teto do avião e gritava: Andrés! Andrés! Eu estou viva! Venha! Me tire daqui!

Ao acordar, Andrés invariavelmente estava tremendo, molhado de urina. Mesmo de pé, continuava sequestrado pelo sonho. Demorava quase um minuto para ele mesmo sair do avião, para escapar do fundo do mar, para parar de ouvir os gritos da mãe. Seu pai, naquele transe, foi um guerreiro incansável. Com muita paciência, ajudou-o a se defender daqueles inimigos. Estava sempre ali, à beira do sonho, esperando por ele.

Como uma rajada, aquelas lembranças chegaram justo naquele momento, enquanto observava o pai no laboratório. Teria ele aquele mesmo pressentimento? Andrés certamente gostaria de poupá-lo daquilo. Já quase aos setenta anos, pensou, um mau presságio é como um tiro. Nessa idade, não há mais prazos. Tudo já será sempre presente.

A enfermeira removeu a agulha e lhe deu um algodão embebido em água oxigenada. Javier Miranda colocou o algodão no braço e olhou para o filho como se lhe pedisse uma trégua, como se estivesse lhe pedindo para irem embora de uma vez por todas. Os monstros da velhice são tão terríveis quanto aqueles que nos perseguem quando somos crianças? Com o que se sonha aos sessenta e nove anos? Quais são os pesadelos mais recorrentes? Talvez seu pai sonhasse com isso: está em um laboratório, no fundo de um hospital, cercado por produtos químicos, ferramentas pontiagudas, gaze, desconhecidos asquerosamente uniformizados de branco; está submerso no fundo de um hospital, procurando por uma pequena bolha de ar, para respirar, para gritar: Andrés! Andrés! Me tire daqui! Me salve!

Enquanto o levava de volta ao apartamento, tentou evitar que continuassem a falar sobre o assunto. Não foi fácil. O pai continuou a disparar protestos mordazes. Alegava que os exames eram completamente desnecessários, que só descobririam que o colesterol estava um pouco alto. No máximo isso. Só isso, ele insistia. Andrés o deixou em frente à porta do prédio. Enquanto se afastava, ainda viu a figura de seu pai através do retrovisor. Houve um tempo em que pensara em trazer o pai para morar em sua casa, mas depois receou que a vida em comum pudesse se transformar num inferno para todos. Mariana não tinha nenhuma relação ruim com Miranda, seus filhos costumavam se divertir muito com o avô; mas eram experiências esporádicas, saídas ocasionais, ao cinema ou a um parque, a um restaurante ou ao estádio, para assistir a um jogo de beisebol. A vida cotidiana é outra coisa, uma tarefa muito mais exigente. No entanto, naquele momento, quando ainda podia vê-lo como uma silhueta diminuta no fundo do retrovisor, voltou a pensar naquela possibilidade. Cedo ou tarde, os filhos únicos também pagam pela sua exclusividade. O velho não tinha mais ninguém. Se em vez de estar no corredor, conversando com a vizinha, se o desmaio o tivesse surpreendido em seu apartamento, sozinho, não poderia ter acontecido uma desgraça? Por um segundo, Andrés vê a cena com clareza fatal: o pai está entrando na cozinha com a intenção de desligar a cafeteira, inclina-se sobre o fogão e, então, perde a consciência e desaba. Seguindo o mesmo movimento, pela inércia da queda, a cabeça desce, puxada pelo peso do corpo. Bate na borda do fogão, desce e se choca contra a alça que abre o forno e finalmente para nos azulejos do chão. As veias esverdeadas da sua testa estão inchadas e retesadas. O nariz, quebrado. O olho direito parece um pouco afundado e há sangue no pômulo direito. Também há sangue em cima da sobrancelha direita. Pode ter quebrado uma costela; talvez, quando voltar a si, ele não consiga se mover, não possa avisar a ninguém. A água ferve. Logo vai cheirar a café queimado.

Naquela noite, Andrés queria fazer amor com Mariana. Não sentia nada de especial, talvez nem sequer a desejasse, mas precisava fazer sexo. Era uma ânsia, um desejo furioso de estar em cima dela, de penetrá-la, sem pensar em nada, sem dizer nada, apenas seguindo o balanço premente dos quadris, subindo, descendo. Mas não soube como procurá-la. Não se sentia com disposição para seduzi-la e tinha vergonha de lhe dizer o que realmente queria. As mulheres não conseguem entender que às vezes os homens sentem que o sexo também é um esporte; um esporte que também pode ser praticado a qualquer hora, a qualquer momento, e com qualquer pessoa. O masculino é muito básico, com escassa elaboração. A ética amorosa costuma ser feminina.

– Você não acha que está exagerando? – perguntou Mariana antes de dormir. – Você ainda nem sabe o resultado dos exames. Por que então fica assim?

Andrés lembra que o pai ultimamente tem andado esquecido. Agora, qualquer detalhe começa a assumir, para ele, outra importância, outro valor.

– Você mesma comentou isso, há pouco tempo – ele diz. – A gente estava aqui, comendo.

– Sim, é verdade. Mas isso é normal, não é? Se até eu esqueço as coisas às vezes, como o seu pai não iria esquecer? Não exagere, Andrés. Por que pensar no pior?

Ele não sabe, não sabia naquele instante. Mas tinha aquela sensação incompreensível e desagradável, sentia-se cercado por uma iminência fatal, pela intuição de que o que tinha acontecido naquele dia com o pai era o primeiro sinal de algo muito mais sério e definitivo: um linfoma de Burkitt, por exemplo, um carcinoma mucinoso cutâneo ou uma neoplasia assintomática de células plasmáticas... Andrés sabe perfeitamente que a natureza traduz essas palavras de forma mais impiedosa. A imagem do pai sofrendo é o que o apavora. Seu pai encolhido, gritando, contorcendo-se, chorando. A dor é a mais terrível das linguagens do corpo. Uma gramática de gritos. Um "ai" transformado em um único som.

Deixou Mariana lendo na cama e foi para a varanda. Ficou irritado por dar trela a pressentimentos. Um médico com pós-graduação em imunologia e quase vinte anos de experiência profissional não tem o direito de ter pressentimentos. Susan Sontag afirmava que há dois reinos, duas cidadanias: a saúde e a doença. Os seres humanos frequentemente têm que passar de uma para a outra. Mais de uma vez, Andrés pensou que no meio, na fronteira entre essas duas geografias, estão os médicos. Recebendo passaportes, fazendo perguntas, avaliando. Podem desconfiar, mas precisam de provas. É um ofício que precisa de evidências. Um médico vê eritemas, hematomas, células, enzimas, variáveis proteicas; um médico lê sintomas, não dá atenção a premonições, palpites interiores, visões esquivas.

O som do telefone foi como um dedo de alumínio que de repente raspou o ar. Atendeu imediatamente. Era do laboratório. Já estavam prontos os resultados da hematologia que ele pedira com urgência. Enquanto ia ouvindo os valores, anotando-os numa folha, continuou sentindo a mesma angústia. Era como se dentro dele tivesse se instalado um animal voraz, insaciável, que continuava ali à espreita, mesmo quando constatava que todos os resultados estavam em ordem. Exatamente como seu pai havia dito, ele só estava com o colesterol um pouco alto. O resto estava bem, dentro das faixas adequadas. Olhou para o relógio e pensou que já estava muito tarde para ligar para ele. Também não estava com disposição para comemorar. O maldito pressentimento não se acalmava, não estava satisfeito. Também há boatos que o sangue não controla. Pegou o telefone, então, e ligou de novo para o hospital. Reservou um horário logo cedo para fazer radiografias do tórax e algumas tomografias. Não queria deixar nenhuma dúvida em aberto.

Por que pensar no pior?

Porque às vezes o pior também acontece.

* * *

Não foi fácil convencer o pai a ir de novo ao hospital. Andrés quase teve que obrigá-lo. Ele imediatamente ficou nervoso, na defensiva. Andrés levou os exames de sangue, mostrou-os, assegurou-lhe de que estava tudo bem. Mas seu pai reagiu como qualquer um teria reagido:

– Se está tudo bem, por que então você vai me levar para fazer mais exames?

Não tinha jeito. Andrés teve que se sentar e falou com franqueza: os exames de sangue estavam bons, mas ele desejava ter uma garantia maior, por isso queria que seu pai fizesse algumas radiografias e uma ressonância magnética. Eram parte de um exame geral, de rotina, apenas para confirmar que estava tudo bem.

– Confie em mim – ele disse. – Acredite em mim.

O velho Miranda suspirou profundamente e só então se deixou levar para a sala de radiologia do hospital.

O pai segue pelo corredor e olha para o filho com tristeza. Está nu, coberto apenas por uma daquelas batas finas que se amarram atrás, nas costas. Andrés se aproxima, com presteza.

– Viu que não foi tão ruim assim?

O pai não responde. Nem olha para ele. Poderia rosnar sem causar nenhum espanto.

– Agora faltam só a ressonância magnética e a tomografia – sussurra Andrés, instando-o a seguir pelo corredor.

O pai caminha, continua sem olhar para ele.

– Quando uma pessoa desmaia – Andrés insiste – tem que haver um motivo, uma razão, uma causa. A medicina é assim. Se os exames de sangue não me dão nada, vou procurar em outro lugar. É só isso. É disso que se trata. De procurar.

– Quem procura, acha – resmunga finalmente o pai, como se prestasse uma queixa, dando dois passos à frente. Sempre sem olhar para o filho.

* * *

Prezado Doutor Andrés Miranda,

Será que meu e-mail não chegou? Sou um pouco novo nesse negócio de internet, talvez eu tenha apertado o botão errado. Passei dias pensando nisso enquanto espero. De vez em quando eu abro o e-mail para ver se tenho alguma mensagem sua. Nada.

Enquanto isso, nem tento mais ligar para pedir para falar com o senhor. Da última vez, sua secretária me disse que eram instruções suas, que o senhor mesmo tinha pedido que não lhe passassem mais as minhas ligações, que o senhor até tinha pedido à segurança do hospital que, caso eu chegasse a me apresentar ali, não me deixassem entrar. Não acredito, eu disse a ela. Não posso acreditar nisso. E ela desligou na minha cara. Depois disso, não voltei a telefonar. Mas ainda estou preocupado, doutor, não entendo o que está acontecendo. Nada disso tem uma explicação lógica. Por isso insisto, por isso é tão importante lhe escrever outra mensagem, por isso é tão importante que o senhor me responda.

Também pensei que talvez o senhor não se lembre de mim. Será isso? Acho estranho, mas talvez isso explique por que ainda não me respondeu. Ou talvez esteja me confundindo com outra pessoa. Pode ser isso também. Durante todos esses dias, fiquei remoendo isso na minha cabeça. Imagino que o senhor não se lembre da maioria das pessoas que passa pelo seu consultório. Quantos pacientes o senhor deve ver em um dia? Sete, oito, dez, doze? Talvez mais. Multiplicado pelos cinco dias da semana, é claro. É muita gente. O senhor deve achar que é impossível se lembrar de tantas pessoas. Mas tenho certeza que nenhum deles se esquecerá do senhor. Para todos nós, o senhor é o médico. Nosso médico. Meu médico. Para o senhor, somos doentes genéricos, anônimos, seus pacientes, pessoas que esperam ser atendidas. Preste atenção na palavra. Exatamente: pacientes. Pessoas que têm paciência. Em contrapartida, para nós, o senhor tem nome e sobrenome. É o doutor Andrés Miranda. É único.

Agora estou com receio de que o senhor leve a mal tudo o que acabo de escrever. Espero que não. Digo tudo isso porque é algo que tem a ver com meu relacionamento com o senhor. Se me permite, vou recordá-lo da nossa primeira consulta. Soube do senhor em uma sala de espera, numa dessas revistas médicas que tem nas salas de espera, li um artigo seu que tratava da relação entre os médicos e os enfermos. O senhor dizia, imagino que disso o senhor se lembre, que essa relação também era parte do tratamento, que a relação entre um médico e um paciente podia ou não ser uma forma de cura. O senhor dizia que não se podia falar de doença, mas sim de pessoas doentes. Que a doença, assim, em geral, não existia. Que só existiam as pessoas concretas, os doentes, e que, portanto, a relação entre médico e paciente devia ser uma relação pessoal, mas também uma prática médica.

Confesso que fiquei muito impressionado. Tanto que fui imediatamente procurar seus dados para tentar marcar uma consulta com o senhor, para que o senhor fosse meu médico. Tudo isso eu também lhe disse naquela primeira consulta. E o senhor me escutou com atenção. Pelo menos foi o que eu senti. Senti que o senhor me escutava sinceramente. Conversamos sobre meu trabalho na companhia telefônica. Falamos sobre minha vida, minha família, meus pais e meus irmãos. Contei ao senhor sobre o meu divórcio, sobre como foi duro para mim, e como ainda é, com minha ex-mulher. Depois passamos para a parte física. Aí também o senhor foi muito atencioso. Senti que me ouvia com interesse genuíno e profundo, com respeito. Tentei explicar em detalhes o que estava acontecendo comigo. Como não sei mais se o senhor se lembra ou não, sinto que devo repetir tudo de novo agora. Por favor, tenha agora um pouco de paciência.

Venho sofrendo, desde aquela época, súbitas quedas de pressão, uma descompensação interna que me coloca quase diariamente à beira de desmaios contínuos. Os sintomas são claros: sudorese fria, palidez, sensação de fraqueza, queda na temperatura do corpo... e, obviamente, a leve tontura que qualquer pessoa sente pouco antes de desmaiar. Contei ao senhor tudo isso. O senhor anotou cada detalhe. Fez algumas perguntas. Depois me examinou, mediu minha pressão, "está doze por oito", disse. "Ótimo", acrescentou. Eu comentei então com o senhor sobre o artigo que tinha lido, disse que por causa daquele artigo eu tinha vindo vê-lo. O senhor apenas sorriu amavelmente. Juro que me senti seguro, que senti que finalmente tinha encontrado um médico em quem confiar.

Na nossa segunda consulta, e dessa o senhor tem que se lembrar, eu levei os exames que o senhor me mandou fazer. Uma hematologia completa e um perfil lipídico. O senhor me tratou com a mesma gentileza da primeira vez. Até brincamos um pouco, falando sobre minha ex-mulher, sobre as mulheres e as ex-mulheres em geral. Senti que progredíamos um pouco na relação pessoal. O senhor me contou que era casado e que tinha dois filhos. Eu lhe disse que por sorte não tive filhos no meu casamento fracassado. Enfim... Mas depois veio a questão médica. O senhor me disse que os exames mostravam ótimos resultados, que eu estava bem. Eu, é claro, retruquei, disse ao senhor que aquilo era impossível. Continuava a sentir as mesmas tonturas. Acho que o senhor não gostou que eu insisti. Mas eu precisava insistir. Quem ia desmaiar era eu, não o senhor. Também lhe disse isso. O senhor então me garantiu que eu estava bem. Que não ia desmaiar. Que fisicamente era impossível que eu desmaiasse. Dessa vez, o senhor me pediu para acreditar, para confiar no senhor. E foi isso que eu fiz, doutor Miranda. Agora sou eu quem está lhe pedindo a mesma coisa: acredite em mim, tenha fé em mim, confie em mim... por favor, me responda!

Estou esperando sua resposta. Atenciosamente,

Ernesto Durán

* * *

Quando chega, Andrés já está numa mesa um pouco isolada, em seu segundo uísque com gelo. Miguel parece ocupado, apressado.

– Desculpe pelo atraso – diz ao se sentar.

Andrés apenas move a cabeça, sem maior definição, como se pudesse expressar qualquer coisa com o gesto. Seu semblante é inquietação do meio-dia.

– No telefone você disse que era grave – diz Miguel –, mas agora que eu estou vendo a sua cara, estou assustado. O que aconteceu?

Andrés lhe indica os dois envelopes que estão em cima da mesa.

– Dê uma olhada nisso – ele murmura.

Miguel pega o envelope, tira as imagens, levanta-as, observa. Primeiro as de radiologia que mostram os pulmões. Depois, as tomografias do crânio.

– Não há dúvida. Não tem como ler outra coisa – diz Andrés. – Ou tem?

Miguel se vira e olha para ele, tenso, hesitando sobre o que responder. O garçom se aproxima e, mesmo antes de ele poder falar algo, Andrés o aborda:

– Uma vodca com gelo e limão pra ele. Dupla – enfatiza, como se sugerisse algo e sem deixar de olhar fixamente para Miguel.

– Tenho que fazer uma fístula hoje à tarde – Miguel responde a algo que ninguém lhe perguntou. Ele também não fala com muita convicção.

– Só me diga o que você acha. Não há nenhuma esperança, não é?

Miguel, mais do que suspirando, bufando, dá uma olhada nas imagens novamente. Observa-as de soslaio, à contraluz. O contraste do azul sobre o branco opaco permite que se vejam manchas, irrupções escuras, sombras que não deveriam estar ali.

– É um carcinoma espinocelular, não é? – Miguel pergunta sem deixar de olhar as imagens.

– Estágio quatro – diz Andrés. Depois aponta lentamente para uma das imagens da tomografia. – Com metástase cerebral – acrescenta, com a voz prestes a se quebrar.

– São de quem? – Miguel olha para ele, pergunta com certo receio.

– Do meu pai – diz Andrés.

Os dois permanecem por um tempo se olhando, sem dizer uma palavra, envoltos naquela cumplicidade peculiar que a amizade propicia.

– Que merda! – é o que Miguel consegue sussurrar depois da pausa.

Andrés descreve rapidamente o processo: a primeira coisa foi o desmaio, depois o pressentimento, os resultados dos exames de sangue, outra vez o pressentimento, as imagens torácicas, as tomografias... Miguel tenta matizar, buscar outras explicações possíveis.

– Se ele não fosse meu pai – diz Andrés –, eu e você já teríamos visto as imagens e concluído que não tem saída, que é a mãe de todos os tumores, que o paciente está fodido – acrescenta agora com a voz entrecortada. – Nenhuma biópsia é necessária, não há motivo para abri-lo.

– Pode ser, mas... – Miguel gostaria de dizer alguma coisa, mas não tem nada a dizer. Não pode enganá-lo.

– Por que nos custa tanto aceitar que estarmos vivos é uma casualidade? – pergunta de repente Andrés, com um nó na garganta.

Os dois ficam calados. Mais um uísque, mais uma vodca. Miguel fala ao telefone, suspende a cirurgia. Andrés guarda as imagens de volta nos envelopes.

– Seu pai, é claro, não sabe de nada.

– Não.

– Mas não vá cometer agora a burrice de dizer pra ele, de contar.

– É o que eu sempre faço, não é? É o que eu sempre disse, é o que eu defendo: a relação de transparência entre o médico e o doente.

Outro silêncio. Até que Miguel lhe confessa que nunca concordou com aquele método. Andrés assente com a cabeça, como se não o ouvisse, como se fosse um movimento mecânico e involuntário enquanto, na verdade, sua cabeça está em outro lugar. Talvez esteja consultando a memória, vendo passar o monte de pacientes e de famílias de pacientes com quem lidou; vendo aqueles que iam morrer, que não tinham mais remédio. Talvez se lembre de como pôs em prática aquela metodologia da transparência. Alguns até achavam duro, desumano. Outros agradeciam. Andrés sempre preferiu compartilhar a verdade clínica com os objetos daquela verdade, com aqueles corpos cansados, já transformados em matéria médica, prontos para as agulhas e os produtos químicos. Muitas vezes ele teve que dizer: "Não há nenhuma esperança, sinto muito. Nem faz sentido que viajem, que o levem a Los Angeles ou a Houston. Restam-lhe no máximo dois meses de vida".

Sempre insistiu que é melhor falar com o paciente com aquela mesma franqueza. Mesmo correndo o risco de lhe inocular uma angústia tão terrível quanto a própria doença. O mais provável é que o próprio paciente suspeite, que ele já intua, que escute em segredo os anúncios do seu próprio corpo, o som final da doença.

– Todos nós temos o direito de saber que nossa vida já tem um tempo determinado, uma data; todos temos o direito de saber quando e como vamos morrer, é o que eu sempre disse.

– Mas agora é o seu pai que está do outro lado do estetoscópio. É um absurdo, Andrés, pense bem. Você e eu sabemos a velocidade com que um câncer como esse progride.

– E ele nunca fumou, caralho! – grunhiu de repente Andrés. – Nem um único cigarro em toda a porra da vida! – exclama, apertando os lábios, como se mordesse gelo.

– É por isso que eu estou te dizendo, por acaso você não acha que ele vai dizer a mesma coisa, que vai se perguntar o mesmo? Qual é o sentido de ele saber a verdade?

– Não posso enganá-lo agora. Não seria justo.

– Desculpe. Isso que você acabou de dizer é uma grande besteira.

– Não, não é. Faz parte da nossa história, do que nós vivemos juntos, como pai e filho.

– A grande questão é: você consegue fazer isso? – Enquanto fala, Miguel se remexe na cadeira, inclina-se, confere um certo tom confidencial às suas palavras. – Quero dizer, é mais fácil ir adiante com um paciente qualquer, com alguém que não é da sua família. Afeta você, mas é diferente. É diferente ter o seu pai na sua frente, olhando pra você, e dizer: papai, você tem algumas semanas de vida. É disso que estou falando: você consegue fazer isso?

– Não. Não estou preparado.

Miguel assente, pega seu copo, bebe, pensando. Então observa o relógio e volta a olhar para Andrés.

– Vou te contar sobre um caso que aconteceu há pouco no hospital – ele finalmente diz.

Miguel é nefrologista e, além de sua clínica particular, dirige há anos uma unidade de diálise num hospital público.

– Tem um paciente com sessenta e oito anos. É um velhinho turrão, o nome dele é Efraín. É diabético, essa é a doença crônica dele. Ele está no último estágio, os dois rins estão fodidos, está quase cego, enxerga muito pouco. Na máquina de diálise ele não fica nada bem. Costuma gritar, chorar. Deixa todos os técnicos e as enfermeiras loucos. É um sujeito amargo, cansado de viver. Pior ainda: viver para ele é só sofrimento. Tem que vir três vezes por semana, segue uma dieta terrível, tem muita dificuldade para andar, a expectativa de vida dele é cada vez menor... Você pode imaginar isso facilmente, não é? Numa tarde, uma das enfermeiras pediu para falar a sós comigo. Achei um pouco estranho, mas fomos até uma sala, nos sentamos. E então ela me disse que Efraín quer morrer. Fiquei muito surpreso. Não sabia se ela estava brincando, não entendi. Claro que ele deve querer morrer, mas o tom em que ela me disse isso implicava outra coisa. A enfermeira repetiu que o velho quer morrer, que ele simplesmente não quer continuar assim, que desse jeito não quer estar vivo. A princípio, o procedimento é simples: parar de vir à diálise já seria suficiente. Basta isso e mais nada. Ficar em casa, de uma forma ou de outra, e pronto. O corpo não vai resistir, e por algum lado vai explodir, vai morrer. A gente quase poderia dizer que de morte natural, então.

Andrés assente em silêncio. Ergue a mão e pede outro uísque.

– É isso o que o sujeito quer – continua Miguel. – Que esse pesadelo acabe. Não só ele, a família também quer a mesma coisa. Estão cansados, estão tão doentes quanto ele. A doença dele os infectou, está matando-os também. Todos estão há anos nessa situação-limite. Você sabe perfeitamente como é isso. O homem não pode fazer mais nada, está meio cego, tem o mesmo cheiro do bicarbonato da máquina, necessita de remédios especiais; é preciso levá-lo, trazê-lo, controlar a pressão, alimentá-lo, limpá-lo... Sendo absolutamente frio e objetivo, se ele morresse seria um grande alívio, em todos os sentidos, para a família. Mas tem também outra coisa: se você pensar sobre isso em relação à instituição, em relação ao serviço público, também para a sociedade é conveniente que o velho Efraín morra. Você e eu já conversamos sobre isso antes. O sujeito tem quase setenta anos e, por causa da idade e de sua condição, não tem mais nenhuma chance de se candidatar a um transplante de rim. Mas está ocupando um lugar, um horário, em uma máquina de hemodiálise. Naquele momento, na lista de espera, tinha uma moça de dezessete anos que estava esperando uma oportunidade de se tratar naquele hospital. Não seria justo que aquela moça estivesse ali no lugar de Efraín? Sei que outra pessoa, ouvindo essa mesma história, poderia pensar que isso, colocado assim, é quase um homicídio, um assassinato. Ou uma promoção de suicídio, sei lá. Mas não. Nós, pelo menos naquele momento, achamos que a morte de Efraín poderia ser um ato de justiça. Para a garota esperando a sua vez, para a família e até mesmo para o próprio Efraín. Como você diz: ele já sabia qual era o fim, já tinha uma data. E naquele instante ele estava apenas querendo exercer o direito de acelerar aquele momento, de não fazer da sua morte uma coisa tão longa, tão dolorosa. Uma vez eu conversei com um padre sobre tudo isso. Ele, é claro, me deu um sermão. Eu esperei e no final perguntei:

masoquismo é pecado? O padre ficou surpreso, hesitou um pouco, mas depois disse que sim, que era pecado. Pois então Efraín não queria continuar pecando. A vida, para ele, já era um ato masoquista. Tudo o que ele queria era que a sua morte fosse mais suave, que a sua morte acabasse com a tortura de sua própria vida.

– Aonde você quer chegar? O que vocês fizeram?

– Sabe o que aconteceu? Nós assumimos o risco. Todos, no hospital. Se alguém tivesse descoberto, teríamos nos metido numa grande encrenca. Os meios de comunicação teriam feito um banquete conosco, mas isso não nos assustou, assumimos o risco da mesma forma. Eu mesmo falei com a família de Efraín, com a esposa e com a filha mais velha. Foi um pouco desagradável, você sabe, uma daquelas conversas em que nada de concreto é nomeado, nós falávamos em código. Havia um grande pacto, silencioso, discreto. O velho Efraín também estava de acordo. Efraín iria para casa, deixaria de vir à diálise, e pronto... Mas não aconteceu nada! No final não aconteceu nada! Sabe por quê? Porque era necessária uma assinatura, porque era necessário que um parente do velho assinasse um papel, uma folha onde se atestava que Efraín Salgado deixaria de frequentar a unidade de diálise por vontade própria. Era uma maneira de nos protegermos, para que nenhuma outra pessoa daquela família viesse depois acusar a unidade de não querer receber um paciente.

– E aí?

– Aí ninguém quis assinar! Nenhum dos parentes teve coragem! Sentiam que assinar aquela declaração era assinar a confissão de um crime. E foi ali, naquele trâmite que parece tão bobo, tão trivial, que todo o plano foi por água abaixo, acabou. O que para mim era um detalhe burocrático, uma mera formalidade depois de ter alcançado o mais importante, para aquelas pessoas se tornou um símbolo definitivo. Quem assinasse o papel ficaria como o responsável pela morte, com o cadáver de Efraín nas mãos. Como se rabiscar o nome numa folha imediatamente transformasse esse ato num crime. Acho que essas pessoas sentiram algo assim naquele momento. Precisavam fazer vista grossa, precisavam que tudo acontecesse como se fosse uma casualidade, como se certamente se tratasse de um acontecimento não intencional. Precisavam sentir que o velho estava morrendo por conta própria, sem que nenhum deles soubesse.

Miguel pede um prato de camarão ao curry. Andrés não está com fome, permanece calado, ausente. O celular toca. Ele observa na tela pequena o número de quem está ligando, decide não atender. O telefone continua tocando na mesa. É um som inútil, sem destino. Andrés não dá nenhuma explicação, continua sem dizer nada. Miguel olha para ele e de repente se sente um pouco envergonhado.

– Não sei por que me lembrei disso – ele diz, com certo arrependimento. – Não sei por que te contei. Agora acho que não tem nenhuma relação com a história do seu pai, com tudo isso de que estamos falando.

– Quem sabe – assinala Andrés, olhando para ele. – Talvez tenha.

Miguel nega com a cabeça.

– De repente me veio a lembrança, senti vontade de te contar, mas agora não vejo muito sentido nisso. Desculpe.

No fundo, Miguel gostaria agora de retirar a história, procurar no chão as migalhas daquele relato, devolver à sua memória toda aquela narrativa de Efraín Salgado e sua família. Por que tinha se lembrado daquilo? Por que, além disso, deixou-se levar e contou tudo aquilo a Andrés? Não era disso que seu amigo precisava em um momento como aquele. Não era isso o que podia esperar dele. Marcara um encontro para lhe contar que o pai estava com câncer, que o pai ia morrer, e ele, em vez de ser solidário, de consolá-lo, se pôs a desfiar uma anedota macabra, triste, sobre um homem que quer morrer, sobre uma esposa e uns filhos que querem que seu marido e seu pai morra. Para quê? Por quê?

– Não se preocupe, está tudo bem. – Andrés volta a indicar com a cabeça. Há muita melancolia em seus olhos, embora ele sorria ligeiramente.

– Claro que não está tudo bem. Você está na merda e eu sou um idiota que conta umas asneiras que não têm nada a ver.

O garçom chega com a conta e ocorre a clássica luta dos cartões de crédito, a batalha para ver quem paga. Miguel está empenhado em fazer da conta a sua penitência e acaba prevalecendo. Quando o empregado se afasta, Andrés o observa.

– Eu sei por que você se lembrou dessa história, eu entendo.

Miguel o escuta, embora continue meneando negativamente a cabeça.

– No fundo – continua Andrés –, sua memória talvez tenha se lembrado de que morrer não é tão fácil quanto parece.

Que às vezes saber o que está acontecendo, ou o que vai acontecer, não nos ajuda. Foi isso, Miguel. A palavra "morte" é um feitiço imprevisível. Que meu pai não saiba a verdade. Não conte a verdade ao seu pai: foi isso que você me disse.

Enquanto Miguel está no toalete, Andrés pensa que talvez essa seja uma das consequências mais trágicas da doença: ela destrói qualquer outra aparência, não permite disfarçar a morte, arruína a chance de morrer como se nada estivesse acontecendo, ou como se de fato estivesse acontecendo outra coisa.

Às seis da tarde, Andrés está voltando para casa, no meio do pior engarrafamento na avenida que leva ao sul da cidade. As cinco pistas estão completamente atravancadas. É a imagem urbana típica que fascina tanta gente: manadas de veículos respirando lentamente, um atrás do outro, sob a indiferença de um sol cor de mostarda. Pela primeira vez, nesse tipo de situação, Andrés não se sente encurralado pelo mau humor ou pela pressa de chegar em casa, de sentir que o dia enfim termina. Talvez seja o efeito do uísque. No banco do passageiro estão os envelopes com as imagens dos exames do pai. Andrés olha para elas de soslaio e então fecha os olhos. É só por um segundo. Sente que não consegue dobrar as pálpebras, que elas doem. Sabe que vai acontecer, que é inevitável. Com um gesto tolo e inútil, liga o rádio, tentando evitar que o irremediável aconteça. Muda rapidamente de uma estação para outra: não adianta. É inútil aquela encruzilhada de vozes e canções. Já sente algumas lágrimas raspando as bordas de suas pupilas. É desagradável. Coça. Ele chora, mas também quer gritar, dar socos no volante. Sente a saliva espessa. Não consegue se conter, não consegue parar de chorar. Não sabe como.

* * *

Prezado Doutor Andrés Miranda,

Não sei por quanto tempo ainda tenho que esperar por uma resposta. Pensei que, depois da minha segunda mensagem, o senhor responderia em um dia ou dois. Não foi o que aconteceu. Fiz algumas pesquisas e me disseram que os e-mails também se extraviam, que isso acontece frequentemente. Ou seja, talvez o senhor tenha me respondido, mas sua resposta se extraviou e foi cair no endereço de outra pessoa, por exemplo. Também pensei que talvez o melhor seja eu imprimir estas mensagens e ir pessoalmente ao hospital para entregá-las. Embora eu deva lhe dizer que, em vez de fazer isso, eu realmente preferiria que este sistema funcionasse e que o senhor pelo menos me dissesse se recebe ou não meus e-mails. Note que só isso já me bastaria. Se o senhor me enviasse uma mensagem com um "sim" ou um "não", nada mais, apenas isso. Assim pelo menos eu saberia que estamos em contato.

Durante este tempo, enquanto espero sua resposta, tenho tentado analisar nosso relacionamento, tentando lembrar se aconteceu algo que poderia ter incomodado o senhor, se eu fiz algo que talvez pudesse ter causado uma reação como essa. Será possível que o senhor receba e leia meus e-mails e não queira me responder, que o senhor não queira saber nada sobre mim? Por acaso pode ser verdade o que a sua secretária diz? Por mais que eu pense nisso, juro que ainda me parece impossível. Não faz sentido. O senhor não seria capaz de fazer algo assim com um doente. Pelo menos é o que eu sinto. É o que eu ainda sinto.

Como lhe dizia na mensagem anterior, tudo o que peço é um pouco da mesma confiança que eu depositei no senhor. O senhor disse que minha saúde estava perfeita, que era impossível que eu desmaiasse, e eu confiei no senhor. E de fato eu passei um ou dois dias me sentindo melhor. Mas no terceiro dia aquelas sensações de desmaio voltaram de novo. Lembro-me perfeitamente. Eu tinha acabado de sair do trabalho e caminhava pela Avenida Solano. Era um meio-dia com muito sol, fazia muito calor. Eu estava andando bem tranquilo quando, de repente, numa esquina, fui tomado outra vez pelos mesmos sintomas. Fiquei muito nervoso. Achei que ia desabar ali mesmo, naquele lugar e naquele instante. Minhas mãos estavam frias, minha cabeça suava, eu não conseguia respirar direito. Tive a impressão de que tudo ia começar a se mover ao meu redor, que eu estava perdendo o equilíbrio. Essa foi a primeira vez que liguei para o senhor. Foi a única coisa que me veio à cabeça. O senhor deve se lembrar. Eu lhe disse que era uma emergência, contei o que estava acontecendo comigo. O senhor ficou muito surpreso, imagino que disso deve se lembrar. O senhor me pediu para ficar calmo, me perguntou o que estava acontecendo comigo. Eu estava tão nervoso. Disse ao senhor que ia desmaiar. Depois só consegui gritar para um táxi que estava passando e me joguei dentro do carro, pedindo que ele me levasse imediatamente para o atendimento de emergência da clínica. Sei que o senhor ficou um pouco incomodado daquela vez. Lembro que me mostrou os exames clínicos. Todos os números estavam normais. Eu estava bem. Não soube o que dizer ao senhor. Só me sentia tranquilo no hospital, sabendo que o senhor estava por perto, que se algo acontecesse comigo, o senhor estaria ali.

Admito que foi uma época muito crítica, em que eu estava muito mal, muito nervoso, descontrolado. Não foi uma boa ideia começar a telefonar para o senhor de diferentes pontos da cidade, em diferentes horas, para que o senhor me acalmasse, para que me garantisse que era realmente impossível que eu desmaiasse naquele momento. Mas juro que eu sentia que isso estava prestes a acontecer, que se eu não falasse com o senhor, desmaiaria naquele lugar, em qualquer lugar, onde quer que eu estivesse. Sentia que dependia do senhor, que o senhor era minha garantia para me manter de pé e não desabar imediatamente, naquele instante!

Não tenho palavras, e isso me desespera, acredite em mim; não sei como lhe transmitir a clareza física que eu sentia, a evidência terrível de que de fato eu estava prestes a perder os sentidos, a desmaiar. Dentro do meu corpo havia um barranco. Parece estranho, mas era isso. Eu estava pálido; mesmo sem me ver, eu sabia que estava pálido. Podia sentir o sangue bombeando nas minhas têmporas. E as pontas dos meus dedos estavam muito geladas. Não era um capricho. Nunca gostei de incomodá-lo, interrompê-lo, assediá-lo. E eu realmente me arrependo de ter feito isso. Mas só queria lhe transmitir aquilo que eu estava mesmo sentindo tão fortemente. Por isso insisti para que investigássemos mais, para que o senhor fizesse uma avaliação clínica mais profunda. Não posso negar que, naquela época, o senhor continuou se comportando de forma extraordinária. Com muita paciência e sabedoria. Sempre foi cordial e gentil comigo. Embora não alterasse o seu diagnóstico. O senhor me escutava, mas não me dava ouvidos, por isso às vezes eu me desesperava. E veio então aquela tarde em que o senhor me disse que queria conversar comigo com toda a franqueza. Eu disse a mim mesmo: finalmente!, mas o senhor me surpreendeu. Em vez de me ouvir, de atender às urgências que eu tinha, o senhor me disse que não queria que eu continuasse desperdiçando meu tempo e meu dinheiro, lembra daquela vez? Disso o senhor tem que se lembrar claramente. Disse-me que eu não precisava do senhor, que eu não precisava de um médico clínico, mas de um psicólogo.

Naquela mesma tarde o senhor me propôs a terapia. E até me recomendou a uma amiga sua e me deu o telefone do consultório dela. E mais uma vez eu segui sua recomendação. Veja a confiança que eu tinha no senhor! E sim, doutor. Eu fui ver a terapeuta que o senhor me recomendou. E não sei por quê, mas acho que foi aí que todos os nossos problemas começaram. A partir daquele momento, tudo entre nós mudou, nunca mais consegui voltar a falar com o senhor.

Cheguei a pensar que talvez a psicóloga tivesse lhe contado algo do que conversamos na primeira consulta. Talvez tenha sido isso. Assim que saí do consultório, ela pegou o telefone e ligou para o senhor. É o que eu imagino agora. Mas ainda não entendo, o que ela pode ter dito ao senhor de tão grave? Não me lembro de ter falado nada especial naquele dia. Cheguei na hora marcada. Logo que vi a mulher, não fui com a cara dela, não me pareceu simpática. Senti-a seca, distante. Ela nem tentou quebrar o gelo, como se diz. Não disse sequer uma palavra. Ficou em silêncio, e entendi que eu é quem deveria falar. Contei a ela um pouco sobre o que tinha acontecido, por que estava ali. Falei sobre o senhor e sobre os meus desmaios. Ela continuou em silêncio. De vez em quando anotava alguma coisa em um caderno. Eu me senti desconfortável, também não tinha muito mais a dizer. Perguntei: o que mais a senhora quer saber, o que mais eu preciso dizer? Ela me disse que aquele tempo era meu, para dizer o que eu quisesse. Então me senti ainda mais desconfortável. A verdade é que não gostei nem um pouco desse negócio de terapia. Por que eu precisava estar ali? Por que precisava conversar com aquela desconhecida? Era isso que supostamente eu deveria fazer? Contar a minha vida, as minhas intimidades, a uma mulher que eu tinha acabado de conhecer? Eu estava pagando por isso, ainda por cima? No resto da consulta eu só continuei repetindo um pouco sobre os desmaios. Não falei sobre mais nada.

Mas alguma coisa deve ter acontecido, doutor. Algo com a psicóloga, algo com a secretária dela, algo com algo... Porque a partir daquele dia eu nunca mais consegui falar com o senhor, nem nunca mais quiseram marcar outra consulta para mim. O senhor entende? É como se eu pudesse pensar até que o sequestraram, que alguém o mantém preso para nos impedir de nos vermos. É isso o que eu sinto.

Não terminei de escrever esta mensagem ontem à noite. Eu estava cansado, era tarde; acho que também não sabia muito bem como continuar. É estranho, mas tive a sensação de que deveria terminar de escrever, porém não conseguia encontrar o final, não sei se me faço entender. Hoje acordei cedo, fui dar uma volta, comi umas frutas e sentei para terminar esta mensagem antes de ir trabalhar. Confesso, doutor, que estou começando a sentir uma grande frustração. E se também desta vez o senhor não responder? Se não houver resposta, o que devo fazer? Ainda sinto as mesmas tonturas, doutor. Estou ficando cada vez pior. Agora eu tenho uma sensação estranha na saliva, vivo com a boca amarga. Também comecei a sentir uma pressão em volta dos olhos, nas pálpebras. São novos sintomas, doutor. Tenho receio de que, quando finalmente pudermos conversar, voltarmos a nos ver, já será tarde demais.

Ernesto Durán

* * *

Mariana é branca, mas não muito branca, não branca o suficiente para ser apenas uma mulher branca. Ele pensa nisso enquanto a observa nua debaixo do chuveiro. Andrés fechou a porta e se sentou na tampa da privada. Ela ainda não o viu. A realidade é sempre diferente enquanto tomamos banho. Ela só está ali, deixando-se moldar pela água, como se nada mais existisse, como se o vapor não fosse passageiro, como se o mundo não estivesse tão próximo daquele cômodo, tão à mão quanto a toalha. Nem os anos nem os filhos a tornaram menos desejável. Pelo menos não para ele. Desde as pesquisas feitas pela doutora Winnifred Cutler em 1986, a ciência tem se empenhado em dissecar o desejo, chegando até a indicar que aquilo que chamamos de amor, fisicamente, também tem uma data de validade, não pode durar mais que sete anos. A experiência de Andrés contradiz esses preceitos. Ele olha para Mariana e sente dentro de si um tremor, uma tensão. O desejo usa o corpo, mas não sofre suas vicissitudes. O desejo não enruga; muda, se transforma, mas não tem idade. Agora ele observa Mariana e a deseja. Nesta noite, deprimido e cansado, depois de catorze anos juntos, o desejo permanece invicto. Ela lhe agrada. Agradam-lhe os seus ombros pequenos, finos. Gosta do seu tamanho, da sua pele, da sua bunda, dos seus pés, do seu sexo. Esteve tantas vezes neste mesmo corpo e ainda assim se emociona ao vê-la nua.

– Faz quanto tempo que você está aí? – ela pergunta, quando finalmente o percebe.

Andrés não responde. Puxa-a para si, tira suavemente a toalha dela, começa a enxugá-la.

– O que foi? O que aconteceu com seu pai?

Ele continua ausente, passando a toalha pelo corpo de Mariana. Diante de tanto silêncio, ela finalmente se vira para olhar para ele, de frente, nos olhos.

– O que aconteceu? – ela insiste.

– Não quero falar agora – murmura Andrés, debilmente, antes de se aproximar do rosto dela, em busca de um beijo. Como se quisesse assassinar as palavras. Apagá-las. Tapá-las com os lábios.

Fizeram amor no banheiro. Com fúria. Como jovens. Ela cavalgou sobre ele, dando-lhe as costas. Andrés lhe mordeu a nuca, os ombros. Fizeram amor como gatos. Os dois tiveram orgasmos intensos e depois ficaram ofegando silenciosamente, como se cada corpo demorasse um pouco para voltar ao seu lugar. Foram para o quarto, deitaram-se nus na cama e conversaram. Quando a conheceu, Andrés não sentiu nenhum sinal especial. Mariana também não. Não foi amor à primeira vista. Nem à segunda, nem mesmo à terceira. Um sabor os rondava, um tempero interior que foi crescendo até que uma noite, numa reunião na casa de uma amiga, dessa mesma forma, mas com uma garrafa de vinho a mais, eles se cansaram de assistir a um filme russo e foram juntos para outro cômodo. Lá os dois começaram a conversar, a reconhecer sua atração e, sem saber muito bem como, também começaram a se despir, entre beijos e carícias. Se apertaram e se amassaram. Fizeram sexo como geralmente fazem sexo pela primeira vez dois corpos que não se conhecem, que ainda não construíram a própria intimidade. Depois passaram a noite inteira conversando, nus sobre o chão de granito. Talvez fosse isso o que eles mais lembravam da primeira vez: o frio do granito nas nádegas.

– Papai está com câncer – diz Andrés.

A frase, dura, como se fosse uma peça inteiriça, também cai na cama. Estende-se entre os dois. Mariana está surpresa, alquebrada. Não sabe como reagir.

– Câncer no pulmão.

– Mas...

– Não há nada a fazer – acrescenta Andrés, fazendo um grande esforço. Cada palavra pesa sobre ele, dói, tem gosto de vidro.

– Não é possível. Temos que fazer alguma coisa – ela diz, comovida, aproximando seu corpo nu do corpo de Andrés.

– Dá para fazer o de sempre. Químio, radioterapia. Mas é estágio 4. Já está avançado. Está com metástase no cérebro.

– Meu Deus! – Mariana mal consegue balbuciar, enquanto leva as mãos ao rosto e começa a soluçar.

Andrés a abraça. Ele também teria preferido outro termo, menos definitivo, menos final. De repente, aquele tropeço de um "t" sobre outro, aquele precipício de "esses" da palavra "metástase" deixa-os agarrados um ao outro, sem conseguir articular mais nada, chorando.

O choro é muito pouco literário: não tem forma.

– Você vai contar a ele?

– Não sei.

Mariana veste o roupão e vai para a cozinha. Vai buscar um copo d'água. Andrés continua sem fome. Ele se vira até ficar de barriga para cima, ainda nu, olhando para o teto. Durante a adolescência era um esporte, passava horas olhando para o teto. Podia até se lembrar das diferentes lâmpadas que havia nos diferentes quartos dos muitos apartamentos em que morou com o pai. O velho gostava de se mudar. Com o tempo, foi a única explicação que ele encontrou. A cada dois anos, Javier Miranda era arrebatado por um estranho desassossego, por um entusiasmo imobiliário incontrolável. Procurava nos classificados um novo lugar onde viver, outro apartamento para alugar. Fazia aquilo com tanto fascínio que Andrés passou a sentir que cada mudança era uma viagem para outro país, uma excursão maravilhosa. Em vez de férias, eles sempre tiveram mudanças.

Depois do acidente, seu pai nunca mais entrou em um avião. Nunca. Andrés agora lembra. Também recorda que ele mesmo teve de superar aquele terror. Estava sempre procurando uma desculpa para não viajar. Até que veio o casamento, a lua de mel, e Mariana manifestou relutância em passar alguns dias nas planícies venezuelanas. Graças a um tio que tinha uma agência de viagens, ela havia conseguido uma oferta extraordinária para a República Dominicana. Antes que Andrés pudesse colocar seu trauma na mesa, ela já estava com as passagens de avião na mão. Para a viagem de ida ele tomou seis miligramas de lexotan; para a volta, uma garrafa de rum. Entre as duas viagens, passou quatro dias tremendo. Cada vez que pensava que outra viagem de avião o esperava, novamente se sentia tomado por uma ansiedade frenética. A República Dominicana foi um excesso. E, se não fosse pela terapia, certamente teria sido o único excesso de sua vida. Nunca teria ido a nenhuma viagem de férias fora do país, jamais teria participado de qualquer congresso médico no exterior. Teria conhecido apenas lugares aonde pudesse ir de carro. Isso era seu pai. Isso era Javier Miranda agora. Com quase setenta anos e um câncer no pulmão.

Nu e olhando para o teto: quando era adolescente, aquela posição também envolvia uma boa punheta, o rito da masturbação. A idade tem suas vantagens. A masturbação é um ato generoso, insubstituível, que desenvolve a autoestima e promove a saúde; mas, ainda assim, não pode se comparar à gratificação do sexo com um parceiro. Os melhores orgasmos são sempre com outra pessoa. Só quando Mariana apareceu, e ambos começaram a se tornar experientes, um em relação ao outro, Andrés também começou a experimentar orgasmos radicais, um festival de estremecimentos e abalos, descargas químicas indescritíveis. Às vezes, ao ejacular, a sensação era tão forte que ele chegava a sentir que, em vez de sêmen, seu sexo expelia sangue. O êxtase físico está sempre irremediável e maravilhosamente vinculado à noção de sujeira. Baudelaire achava que essa era a condição do amor. "De fato, só podemos fazer amor com os órgãos excretores".

Mariana voltou. Trazia um copo d'água e o rosto pensativo. Durante todo esse tempo, continuou remoendo a mesma coisa, não conseguiu se livrar da pergunta: você vai contar para ele?

De madrugada, a mesma pergunta ainda ronda Andrés. Zumbe como um pernilongo junto às suas orelhas, pousa na sua bochecha esquerda, quase dança sobre uma pálpebra. Ele já fez de tudo para afugentá-la, mas se trata de uma dúvida muito insistente. Procura na biblioteca o livro *Uma Leitura da Vida*, de Arnoldo Kraus, no qual se lembra de ter lido a análise do médico mexicano sobre esse conflito entre os que consideram que "dizer tudo pode ser contraproducente" e os que acham que "é antiético ocultar informações". Desliza os olhos lentamente pelas páginas enquanto Mariana, ainda nua, vai adormecendo ao seu lado. Sabe que não vai encontrar nenhuma receita.

Nem uma instrução, uma ordem. Nem sequer um conselho. Morrer deveria ser sempre um ato simples: não há nada mais simples do que um infarto fulminante. A complexidade está no que ainda não se conclui, na doença. É a experiência da perda levada ao clímax, a um limiar que não tem volta. Vale realmente a pena que seu pai saiba a verdade? Que vantagem esse conhecimento pode lhe trazer? O que ele pode fazer com essa informação? De que lhe adianta saber que seu corpo o está traindo, que ele em breve morrerá?

Andrés pode avaliar o efeito dessa notícia sobre si mesmo. Desde o momento em que viu a tomografia do cérebro do pai até agora, até este encarquilhado minuto desta madrugada, como ele se sente? Tenso, nervoso. Tudo nele agora é pressa: uma angústia apressada. É um desespero interior, quase líquido, que não para de ferver, de escorrer, de manchar tudo. Sua memória está sobressaltada. A cada momento vêm e vão lembranças, imagens, histórias..., em poucos dias ele se lembrou de mais coisas do que nos últimos dez anos. Como se o passado tivesse escapado de uma caixa. Agora está em debandada, vivendo em um único sobressalto. Acontecerá o mesmo com o pai? Todas as lembranças dos seus quase setenta anos virão até ele de repente? Será essa a melhor maneira de se despedir da vida?

Andrés relê uma passagem no livro de Kraus: "A realidade é que não é fácil perceber quais dentre os doentes têm a capacidade de ouvir tudo e quais não têm. É complicado determinar quem se beneficiará de saber dentro de quanto tempo perderá a visão, quando deixará de andar ou quando precisará de sondas para o funcionamento de seus esfíncteres. É evidente que há seres capazes de lidar com más notícias, enquanto outros não têm elementos para fazê-lo". Em que grupo ele poderia situar Javier Miranda? Onde localizar seu pai? Era possível colocá-lo, com precisão exata, entre aqueles que sabem lidar com uma "má notícia"? E quanto a uma notícia fatal? Uma última notícia, melhor dizendo? Talvez Miguel tivesse razão: não é possível adivinhar a reação de um ser humano ao dar-se conta da iminência da própria morte. Contra qualquer prognóstico, aquele homem firme e decidido, chamado Javier Miranda, também poderia desmoronar e entrar em crise ao encarar uma tomografia de sua cabeça. O esplendor das manchas que o estão devorando.

* * *

Doutor Miranda,

Preciso confessar uma coisa: estou seguindo o senhor.

Até este momento, até esta frase, Karina achava que Ernesto Durán não passa de uma curiosidade. Ela leu suas mensagens anteriores com um sorriso aberto no rosto. A secretária do doutor Miranda se encarrega completamente de toda a correspondência que chega àquele endereço de e-mail. É uma caixa de correio destinada exclusivamente à comunicação profissional. Em geral chega muita propaganda de laboratórios médicos e da indústria farmacêutica; esse endereço serve também para reunir todos os compromissos profissionais: convites para debates, congressos, lançamentos de livros, conferências... De alguma forma, Ernesto Durán conseguiu ter acesso a esse endereço e começou a lhe enviar e-mails. Quando chegou a primeira mensagem, Karina imediatamente comunicou ao médico. Andrés Miranda leu e logo lhe disse para não lhe dar importância, que não responderia. Ela nem sequer mencionou a mensagem seguinte. Não disse nada ao médico, mas a leu. Desde a primeira mensagem, Karina, juntamente com Adelaide, a recepcionista do consultório vizinho, começou a reunir elementos curiosos da correspondência daquele paciente singular. Nunca haviam encontrado alguém como Ernesto Durán. Com a segunda mensagem, elas passaram muitas horas falando sobre o caso. Karina acrescentou os detalhes físicos do personagem, ela tinha visto Durán em duas ocasiões. Lembrava-se dele com clareza suficiente. Era um homem magro, atlético. Tinha cerca de trinta e cinco anos, seu cabelo era tão escuro quanto os olhos: preto como asfalto. Era atraente, mas não em excesso. Tinha também, ou pelo menos era o que Karina pressentia, certa força interior, uma espécie de vontade natural que conferia gravidade à sua presença física. Talvez o único detalhe censurável fosse o tamanho das orelhas: pequenas demais, segundo a avaliação de Karina.

– Homens com orelhas pequenas sempre me deixam desconfiada – Adelaide comentou algo do gênero.

É assim que Karina se lembra dele: nem simpático nem antipático. Na primeira vez em que esteve no consultório, pareceu-lhe um homem gentil, correto, mas nada além disso.

Preencheu o formulário com os dados para o registro clínico e depois se sentou num canto e esperou. Karina ficou surpresa por ele não ter pegado uma revista para ler, como a maioria dos pacientes faz. Há pessoas que só leem em salas de espera.

Na segunda consulta, ele pareceu um pouco mais nervoso. Karina se lembrava muito bem de como Ernesto Durán apoiava as mãos nos joelhos, suspirava, olhava muitas vezes para todos os lados, como se não conseguisse controlar os olhos, ou melhor: como se seu rosto fosse obrigado a seguir suas pupilas. Também se levantou várias vezes. Deu passos curtos. Saiu para o corredor, voltou a entrar, sempre meneando a cabeça brevemente. Depois vieram os telefonemas. Ernesto Durán começou a se tornar uma pontualidade irritante, uma reiteração. A cada dez chamadas, quatro ou cinco tinham a sua voz do outro lado da linha. Sempre cordial, decente, até mesmo afável; até a tarde em que o doutor Miranda a chamou ao consultório e lhe pediu encarecidamente, ele usou aquela palavra: encarecidamente, Karina, por favor, que não voltasse a lhe passar mais nenhuma ligação daquele paciente.

– Mais nenhuma. Nunca mais. Para ele, eu nunca estou – disse.

Não foi fácil. Durán era um homem persistente, obcecado. Bastou muito pouco para que ele percebesse que Karina tinha se tornado um desvio de rota, que aquelas conversas telefônicas eram apenas um eterno adiamento. Numa tarde, ele explodiu. Sentia-se humilhado, estava farto, isto é um escárnio, o que você está pensando, ele ainda gritou antes de bater o telefone. Karina estava tremendo. Manteve o controle diante dos pacientes que estavam na sala de espera, mas foi imediatamente ao toalete que ficava no corredor. Enquanto caminhava, tentando sempre manter a calma, ainda sentia alguns abalos dentro de si: os gritos de Durán estavam dentro do seu corpo, ou pelo menos seu eco permaneceu preso ali. Quando ela se olhou no espelho, seus olhos se encheram de lágrimas. Sentiu-se ridícula, furiosa, estúpida. Lavou o rosto tentando encontrar um pouco do seu próprio orgulho na água.

No dia seguinte, entretanto, foi surpreendida por uma caixinha com chocolates e um bilhete: Durán pedia desculpas. Meia hora depois, ele fez o mesmo pelo telefone. Karina tentou manter um pouco de distância, uma inflexão de altivez pendendo de suas frases curtas e discretas, mas era evidente que o gesto a havia tocado. Durán também tentou ir um pouco mais longe, tentou explicar seu caso, sua urgência. Karina, atenuando um pouco o tom, com uma atitude mais solidária, procurou explicar-lhe que qualquer tentativa seria inútil. Propôs-lhe, então, inverter o método: quando o doutor Miranda pudesse recebê-lo, ela mesma, pessoalmente, ligaria para ele. Quando se despediram, nenhum dos dois mostrou muita confiança no outro. Passou uma semana sem que Ernesto Durán desse um alô ou um boa tarde no telefone do consultório. Karina chegou a pensar que finalmente ele tinha desistido. Mas então apareceu a primeira mensagem. Depois a segunda. Depois a terceira. Ela as leu com atenção. Embora resistisse a aceitar, ela também ficou um pouco comovida. Mostrou-as a Adelaide, e as duas concordaram que o desespero de Durán era visível, que sem dúvida tudo o que ele escrevia era com total sinceridade, que – também sem dúvida – ele era um homem sensível e estava com problemas. Adelaide chegou a comentar que a atitude do doutor Andrés Miranda lhe parecia um pouco injusta.

– Você vai mostrar a mensagem para ele?

– De jeito nenhum.

Karina conhecia muito bem o seu chefe. Andrés Miranda havia sido muito claro: para ele, eu nunca estou.

Karina imprime a terceira mensagem e a leva a um pequeno restaurante onde as duas amigas costumam almoçar pelo menos uma vez por semana. Ao lado de uma *paella* com mais cebola e pimentão do que frutos do mar, a nova correspondência de Durán ilumina a refeição. As duas se põem a imaginar um pouco a vida daquele homem acossado por um medo tão grande, tão corrosivo, tão poderoso. As duas mulheres se sentiram comovidas quando leram as terríveis sensações que assolam Durán todas as vezes que ele sente que está prestes a desmaiar. Com grande interesse, elas também acompanham toda a história do encontro fracassado com a terapeuta que o doutor Miranda havia recomendado. Mas querem mais. Adelaide se pergunta com o que ele trabalha.

– Tem cara de administrador.

– Na minha opinião, ele nunca estudou, trabalha na companhia telefônica como assistente de qualquer coisa e pronto.

Karina também quer saber mais sobre sua vida familiar: quando se casou e quando se divorciou, por exemplo. Acha estranho que ele não conte nada sobre sua intimidade. O que realmente aconteceu com sua ex-mulher? Tem uma namorada atualmente?

Desta vez, no entanto, Karina não parece tão entusiasmada. Suspeita que a próxima mensagem não responderá a nenhuma de suas perguntas. Adelaide tem muita curiosidade. Também não entende por que, desde que se encontraram para almoçar, desde que a amiga lhe anunciou que um e-mail havia chegado, Karina manteve aquela expressão de susto colada no rosto.

– Me diga, o que está acontecendo?

– Está acontecendo que eu estou com medo.

– Por quê? O que tem nessa mensagem?

– Só li a primeira frase.

– E só uma frase te deixou com essa cara? – Adelaide a interroga, cheia de espanto.

Mas não é só medo. Karina também se sente decepcionada. Até agora, Durán era um mistério suave, sem nenhuma ameaça. Podia parecer até pitoresco, um pouco extravagante, mas sem chegar a ser perigoso. O início da terceira mensagem foi um sinal de alerta, um alarme dentro dela de repente se ativou. Agora ela hesita, acha que talvez tudo seja muito menos romântico do que imaginou. Talvez Ernesto Durán não seja um homem solitário, que teme perder os sentidos e que está desesperado para se relacionar com alguém. Talvez seja apenas um demente, uma pessoa com sérios problemas mentais. Karina tira da bolsa a mensagem impressa e mostra para a amiga.

– Olhe como começa – ela diz, colocando o papel diante dos olhos de Adelaide.

Doutor Miranda,

Preciso lhe confessar uma coisa: estou seguindo o senhor.

* * *

Andrés precisava encontrar seu pai, mostrar-lhe as imagens, dizer a verdade, contar a ele o que estava acontecendo; antes de tudo, tinha que explicar a ele que eram necessários novos exames, que a partir de agora sua relação com a medicina seria muito próxima, tão próxima que ele viria a odiá-la; precisava encontrar seu pai e lhe dizer que na verdade era tudo uma merda, que ele estava com câncer, que lhe restava pouco tempo de vida. Quanto exatamente? Os calendários médicos costumam ser imprecisos: pouco. Cada vez menos.

Mas não fez nada daquilo. Adiar os deveres, sobretudo quando são tão dolorosos, também é uma forma fugaz de sobrevivência. O poeta William Carlos Williams também era médico. Ele escreveu: "Muitas vezes é preciso observar a mente do paciente da mesma forma como ela nos observa, com desconfiança". Andrés não sabia como seu pai reagiria ao descobrir a verdade. Desconfiava. Dos dois, porque também não tinha muitas certezas sobre si mesmo, sobre a forma como ele mesmo reagiria depois de dizer a verdade ao pai. Tinha decidido encarar a questão, por mais trágica que fosse, e falar com o velho; mas quando chegou a hora ele não sabia como fazer aquilo, sentia-se acometido por milhares de pequenos temores que, como lagartixas encurraladas, percorriam seu espírito e o levavam sempre a adiar outra vez aquela obrigação: precisava falar com o pai, mas não naquele momento, mas sempre depois.

Nesta outra manhã, ele se distrai novamente. Passou vários dias recorrendo a esse procedimento. Para aliviar a culpa, sabe que não tem tempo sobrando, ele se dedica a assuntos que têm a ver com a doença do pai, mas que o impedem de falar diretamente com ele. Agora está tentando negociar com Merny. Ela é a empregada que vai duas vezes por semana ao apartamento de Javier Miranda. Às quintas-feiras faz a limpeza pesada, às terças faz a limpeza mais leve e passa a roupa. Andrés deixou o avô no cinema com os netos e aproveitou para conversar com ela. Conta tudo, não poupa nenhum detalhe, mas avisa que seu pai ainda não está a par, não sabe de nada. Merny, ao receber a notícia, fica um pouco espantada, mas também não demonstra muito como se sente. É uma mulher reservada. Não faz muitas perguntas. Às vezes não é fácil deduzir o que ela pensa; para Andrés, pelo menos, às vezes não fica claro. Quando ele lhe propõe que venha todos os dias, de segunda a sexta, Merny não responde, parece intimidada, olha para ele com certo receio. Andrés esclarece que não está pedindo para que ela seja enfermeira do pai. Ele contratará uma enfermeira. Quer apenas um apoio. Que ela esteja lá o tempo todo. Que cozinhe todos os dias. Que possa ir comprar algo na farmácia ou no mercado se for preciso. O que você acha, Merny?

Ela tem trinta anos, é uma mulher bonita, morena, com quadris largos e boas pernas. Merny é uma combinação de nomes. A mãe se chama Mercedes; o pai, Nicolás. Juntando as primeiras sílabas, inventaram seu nome, Mer de Mercedes e

Ni de Nicolás, Merny. O ípsilon quem pôs foi o funcionário público que registrou a menina no cartório. Merny vive com um homem chamado Jofre. Andrés o viu algumas vezes, mas sabe pouco sobre ele. Sabe que ele trabalha como pedreiro, mais nada. Merny também não fala muito sobre ele. Ele mora com ela, mas não é o pai dos dois filhos de Merny; eles são de outro, do primeiro marido dela, um colombiano que foi para Barranquilla e nunca mais voltou. O mais velho se chama Willmer e já tem onze anos. É magro, ossudo, está deixando o cabelo crescer para fazer umas tranças, gosta de rap e de basquete. O mais novo se chama Yurber e tem apenas quatro anos. É um gordinho risonho e bochechudo. De manhã vai à escola mais próxima, à tarde fica aos cuidados de uma amiga de Merny. Willmer, por outro lado, já tem idade suficiente para andar pela rua.

– A rua não é um bom lugar – diz Merny. – Na rua tem muita coisa ruim. Num bairro vizinho tem crianças de dez anos que bebem pinga, fumam crack e têm revólver. Todo mundo sabe disso. Até a polícia. E não faz nada. É melhor que não façam nada – acrescenta depois. – Ainda bem que Willmer gosta de esporte. Graças a Deus, até agora meu filho se saiu um bom menino.

Merny, Jofre, Willmer e Yurber. Andrés se espanta com o fato de os pobres gostarem tanto desse tipo de nome. Por que se chamam assim? Por que não Juana ou Gerardo? Por que não Elena ou Luis, ou Inés ou Ramón? Será que eles acham esses nomes comuns demais, tão iguais, insípidos, sem nenhum lampejo particular? Talvez seja por isso que, na hora de escolher os nomes, buscam personagens de filmes, jogadores de beisebol, estrangeiros importantes. Sempre em inglês, é claro. Não entende as pessoas que gostam de combinar os próprios nomes e castigar os filhos com palavras quase impronunciáveis. Isso também é muito popular. Como Merny. Um filho de Jason e Mildred se chama Jamil. Mas, além disso, na hora de registrá-lo no cartório, também acontece o que aconteceu com Merny. O burocrata de plantão escreve o nome como lhe soa melhor: Yaimil. Yaimil Rodríguez. É esse o nome de um dos enfermeiros que trabalham no turno da noite no pronto-socorro do hospital. Mais de uma pessoa pensará que isso já é um mau começo; que, para alguns, o nome também é uma primeira desvantagem.

Merny não pensa assim. Muito pelo contrário. Nunca falou sobre isso, mas é evidente que sente orgulho do nome dos filhos. Quase se poderia pensar que se trata de um ato de afirmação, de um breve exercício de poder, de um triunfo. Ela deu a vida a uma criança que certamente vai passar por muitas dificuldades neste país. Seu bebê é mais um na faixa de pobreza das estatísticas nacionais. Merny provavelmente não conseguirá controlar nada. É uma existência presa à esfera pública. A saúde, a educação, o emprego... A miséria parece traçar um caminho que sempre termina nas dependências do Estado: a burocracia ou os presídios. Talvez a única coisa própria, pessoal e privada que Merny pôde lhes oferecer desde o primeiro instante tenha sido justamente isso, um nome. Um nome especial, um nome como Willmer, que soa a futuro, a norte, a outra coisa. Ou um nome diferente, como Yurber, tão diferente que só ela poderia ter pensado nele. Esse talvez seja seu selo pessoal, a única coisa que ela pode controlar, a coisa mais segura que ela pode dar a eles. Uma ilusão que soa. A oportunidade de um nome.

Certa vez, Andrés teve que levá-la à casa dela. Quando estava começando a trabalhar para o pai, anos atrás. Ligaram para ela de um telefone público, no bairro. Willmer devia ter uns nove meses. "Aconteceu alguma coisa com ele", disseram. "Ele está mal. Você tem que vir." Merny ficou nervosa. Olhou desconcertada para Andrés quando ele se ofereceu para levá-la. Andrés estava de passagem, visitando o pai. Ele até ofereceu ajuda médica, mas Merny recusou. Quase forçada, aceitou que ele a levasse de carro até um lugar próximo de onde ela morava. Foram pela rodovia, ela falou muito pouco, mas se remexia, inquieta. Como se, com uma habilidade tensa, pudesse alternar sua coluna de uma nádega para outra. Às vezes também movia os dedos das mãos. Andrés tentou acalmá-la, reiterou que, se fosse algo grave, por favor, não deixasse de avisá-lo. Ela pediu que ele a deixasse na avenida onde começa o morro, a imensa montanha onde a marginalidade construiu lentamente seu difícil reino. Lá, ela pegaria um jipe que a levaria por vários quilômetros até chegar a uma encosta, perto de uma base da polícia, onde ela teria que descer e continuar a pé por umas escadas de concreto até seu bairro, até sua casa, até a febre de Willmer.

Podia levar mais de uma hora. Só no último trecho havia mais de quatrocentos degraus. Uma vez sua irmã tinha contado, ela disse. Um por um, enquanto subia. Vinha sozinha, tarde da noite. Quatrocentos e vinte e dois, para ser exata. Contou-os para se distrair, porque estava com muito medo.

Andrés agora se lembra claramente dessa história. Estavam em plena campanha eleitoral. Ao voltar para casa, ouviu a propaganda política no rádio. Havia chegado a hora dos pobres, gritava o candidato da vez, enquanto discursava contra os velhos partidos políticos e prometia um novo paraíso. Também há um céu onde todos se chamam Willmer.

Merny continua morando no mesmo lugar e da mesma maneira, com os mesmos temores. Quanto tempo ela perdeu subindo e descendo aquelas escadas para ir ao apartamento do velho Miranda? Duas vezes por semana, toda semana. Para limpar, livrar-se da sujeira que outra pessoa produz. Quatrocentos e vinte e dois degraus de ida, quatrocentos e vinte e dois degraus de volta. E o jipe, a avenida, um ônibus até a entrada do metrô, doze estações até a saída do metrô, outra avenida, outro ônibus até a porta do prédio. É um longo percurso para se curvar, para enfrentar aquela mancha submersa entre os azulejos de uma cozinha que não é sua. É assim que ela pensa? É assim que se sente? Quando sobe cada degrau rumo à sua casa, depois da jornada. Quando olha para o morro enorme, cheio de casebres e barracos. Nem mesmo a polícia se atreve a entrar em alguns desses bairros. Quando ela sobe cada degrau e pensa que Willmer já não é um bebê com febre, que já tem outros perigos, que já está na idade de poder matar alguém. Ele poderia ser um malandro. O que ela faz para evitar isso? Como pode ajudá-lo?

Por um momento, Andrés se pergunta o que há por trás do olhar de Merny. Aqueles olhos que às vezes lhe parecem esquivos ou incompreensíveis, o que escondem? Ela não está contente com sua vida. Não pode estar. Ninguém pode estar contente com aqueles quatrocentos e vinte e dois degraus. É isso que há em seu olhar? É isso que está sob seus olhos? Um ressentimento escuro, surdo, reprimido? De repente, ele sente frio. Talvez Merny não se importe nem um pouco com o seu pai. Está há anos aqui e tão perto, tão dentro da vida deles, mas ao mesmo tempo também tão longe. Agora mesmo ele olha para ela e sente que não a conhece, que não sabe o que ela pensa, como se sente em relação a seu pai. Talvez esteja pensando apenas no trabalho. Talvez para ela a morte do velho Miranda seja apenas uma questão estritamente profissional. Ou talvez não. De repente, ele se espanta ao pensar que Merny secretamente os odeia. Ela os odeia?

Finalmente, ela fala. Um pouco agitada, com certa dificuldade, mas sem disfarçar o que sente, sem esconder o que pensa. Merny não gosta da ideia de trabalhar para um homem que está prestes a morrer. Não é nada pessoal, mas ela não quer estar no apartamento quando, fatalmente, Javier Miranda falecer. É isso o que Andrés acaba deduzindo. Ela não diz isso, não dessa maneira. Ela solta mais suspiros do que palavras. Fala com sons vagos, com interjeições, com pausas ruminadas. No final, só acrescenta que vai pensar sobre o assunto. É só isso. Vai pensar.

– Mais tarde eu lhe digo. Agora tenho que terminar de limpar o banheiro.

* * *

Doutor Miranda,

Preciso lhe confessar uma coisa: estou seguindo o senhor. Juro que adoraria ver o seu rosto agora, ver como o senhor reage a isso. O que o senhor acha? Sente-se incomodado? Preocupado? Isso o assusta, talvez? Ou talvez nem mesmo lhe importe, talvez até ache engraçado? Já nem sei o que pensar. Deixe-me apenas esclarecer que não comecei a segui-lo por gosto, mas por puro desespero. Eu tentei de tudo, mas o senhor não responde aos meus e-mails, sua secretária sempre mente para mim, não sei mais o que fazer para o senhor me dar ouvidos, para resolver minha situação.

Agora eu acho que talvez essa seja a única maneira para o senhor entender como eu me sinto atormentado, como tudo isso me afeta. Já estou começando a ter problemas no meu trabalho, imagine. Estou começando temer que eu possa até ser demitido. Estou falando sério. Meus ataques são cada vez mais frequentes e, quando sinto que vou desmaiar, que minha pressão está caindo, tento rapidamente ir ao toalete. Lavo o rosto com água fria, respiro fundo. Além disso, em algumas ocasiões, fico de ponta-cabeça por alguns segundos, apoiado nas minhas mãos, como a gente fazia na aula de ginástica, na escola. Eu me apoio nas mãos e ponho os pés na parede do banheiro. Assim o sangue volta à cabeça e eu evito o desmaio.

Há uns dias um supervisor me disse, com um sorriso estranho, que andavam fofocando que ultimamente eu vivia no banheiro. Outro dia, eu estava de ponta-cabeça, da forma como lhe disse, e um colega do escritório vizinho entrou no banheiro. Claro que ao me ver assim ele ficou muito surpreso.

Tentei explicar a situação, mas com certeza ele não acreditou em mim. Talvez tenha achado que eu estava louco. A verdade é que me sinto cada vez pior no trabalho. Noto que falam de mim, que me olham com suspeita. Percebo que, quando me veem, eles se cutucam e conversam em voz baixa.

Anteontem eu não aguentei mais, doutor. Aproveitei que estavam dedetizando o escritório e fui bem cedo procurar o senhor. Sei que o senhor só recebe pacientes a partir das três da tarde, mas achei que talvez pudesse encontrá-lo em alguma outra atividade no hospital. Achei que o senhor pudesse estar examinando seus pacientes ou que estivesse numa operação na sala de cirurgia. Perambulei por todos os lados, fui até a lanchonete. Também perguntei pelo senhor a algumas enfermeiras. Não conseguia encontrá-lo, mas confesso que só de estar ali, procurando pelo senhor, já me sentia melhor.

Já estava quase indo embora quando de repente vi o senhor. Eu o vi a distância, no térreo. Eu estava andando e o senhor estava lá no fundo, pegando um dos elevadores que descem para o estacionamento. Corri, tentando alcançá-lo, mas não consegui. Quando cheguei, o elevador já tinha fechado as portas. Fiquei muito ansioso. E saí correndo em direção às escadas, como nos filmes. Desci a toda a velocidade, tropecei numa senhora que caminhava com uma bengala, mas não me importei, segui em frente. Era quase uma corrida contra o relógio: o senhor sabe, o hospital tem cinco andares de estacionamento. Como eu poderia saber em qual deles estava o seu carro? Como eu poderia saber em qual andar o senhor sairia do elevador? Por isso eu descia correndo pelas escadas, quase pulando os degraus de dois em dois, e espichava a cabeça em cada andar, olhando rápido, tentando apanhá-lo, tentando ver se conseguia vê-lo. O senhor vestia uma camisa rosa e uma calça azul.

Não o encontrei. Não consegui ver o senhor. Cheguei ao quinto subsolo ofegante. As portas do elevador se abriram e saiu uma senhora que levava uma menina no colo. A menina tinha a cabeça enfaixada e estava muito pálida. Os lábios dela pareciam pintados de verde. Ao me ver, a senhora ficou surpresa e caminhou mais rápido, como se estivesse assustada, até o local onde os carros estavam estacionados. Fiquei ali um pouco, recuperando o fôlego. Depois comecei a pensar no que teria acontecido se eu tivesse conseguido alcançá-lo. Como o senhor teria reagido? Me reconheceria só de me ver? Saberia quem eu sou?

Passei a tarde com um estranho alívio íntimo. Talvez seja o mesmo alívio que sinto quando envio estas mensagens para o senhor.

Com a certeza de que em breve nos encontraremos,
Ernesto Durán

* * *

Ele tira a tarde de folga. Liga para a secretária e suspende todos os compromissos, cancela as consultas. Depois vai até a Estação Maripérez e entra no teleférico. É um dia de semana, não precisa esperar muito. Na fila há apenas alguns adolescentes, escapulidos de alguma escola, fugindo daquele tédio organizado que chamam de ensino médio. Durante todo o trajeto, eles fazem brincadeiras entre si. Andrés permanece calado.

Um de seus filhos poderia estar em um grupo como esse numa quarta-feira qualquer. Riem ruidosamente. Um deles comprou um maço de cigarros. Planejam fumar lá em cima, no alto de El Ávila. Têm treze ou catorze anos. Andrés pensa que talvez, naquele momento, poderia falar com eles, dizer-lhes que é médico, preveni-los sobre os danos causados pelo cigarro. Fumar mata, mesmo que você tenha quinze anos, ele poderia ter dito. Mas não disse nada. Não fazia sentido. Ele também conhece aquela idade, já passou por isso. A adolescência é a mais rara das felicidades.

Faz muitos anos que Andrés não sobe a montanha. Houve um tempo, em sua juventude, em que ele vinha sempre que podia. El Ávila era como um shopping natural, sem muitas regras, onde em vez de vitrines havia mistérios, corredores escuros cheios de samambaias, muitos caminhos onde se perder. Andrés e Vicente, seu melhor amigo daquela época, subiam toda semana. Muitas vezes, eles até iam a pé. Podiam pegar qualquer caminho: a Julia, a Quebrada Pajaritos, Cotiza... Chegar ao Pico de Naiguatá era a maior aventura. É o ponto mais alto da cordilheira costeira. Lá, eles se sentavam em uma pedra gigantesca. Se não houvesse muitas nuvens, dava para ver a cidade de Caracas de um lado e, do outro lado, o mar. Eles se sentavam ali para falar besteira e fumar maconha. Para Vicente, não era só diversão, um baseado de fim de semana; ele se dedicava com autêntica seriedade a organizar aquele ritual. Era quase um profissional da fuga. Costumava obter material de diferentes variedades. Uma vez apareceu com uma erva jamaicana de altíssima qualidade. Os dois fumavam grossos cigarros e se deitavam sobre as pedras, olhando para o céu. Passavam horas assim. Sem falar. Com um sorriso fácil oscilando levemente em seus lábios.

A luz é mais branca lá em cima. O sol é um tabefe de luz. Queima de outra forma, espalha-se pelo ar, como se ele também se estendesse na parte mais alta do céu. O vento corta os lábios. Os dedos parecem lâminas de barbear. Mais do que escalar a montanha, no fim das contas eles flutuavam sobre ela.

A última notícia que teve de Vicente foi que ele morava perto de Tampa, na Flórida, e vendia aspiradores de pó. Parecia mentira que os horários da faculdade tivessem separado o que a maconha tinha unido tão fortemente. Vicente era o irmão que Andrés nunca teve. Quando começou a cursar medicina, Vicente tinha acabado de entrar na faculdade de engenharia. Pararam de se encontrar de forma tão natural que Andrés chegou a pensar que a amizade dos dois também tinha sido uma parte do currículo do ensino médio. Assim como passou pela matemática, pela chatice indescritível do espanhol, pelo tédio das aulas de história; ele também passou pela amizade com Vicente. Depois de anos, numa fila no cinema, um dos irmãos de Vicente lhe informou que o amigo tinha ido para os Estados Unidos, onde levava uma vida bastante sossegada, uma vida *eletrolux,* com uma esposa e três filhos.

Do Hotel Humboldt, perto de onde fica o ponto de chegada do teleférico, não dá para ver a cidade e o mar ao mesmo tempo, apenas virando o rosto. Não tem pedras enormes, nem o sol parece tão próximo. Andrés dá asas à sua saudade. Nem naquela idade, quando ainda não tinha quinze anos, ele sonhava em ser médico. Se tivesse que especificar quando e como decidiu estudar medicina, teria que pensar por um longo tempo. As pessoas veem na doença um sinal definitivo: o corpo dentro do corpo, um sinal que perturba, mas que também causa repugnância. Talvez seja por isso que muitas vezes se pensa que a medicina é uma vocação teimosa, contumaz, de uma pureza quase genética: a pessoa nasce médica, nasce sem medo de olhar para dentro de outros corpos, nasce com uma força capaz de encarar o sangue alheio.

Mas Andrés sente que esse não é o seu caso. Acha que, para ele, a medicina, a princípio, foi mais uma curiosidade do que uma vocação. Nunca foi capaz de sentir que ser médico fosse uma variação de ser missionário, um desígnio quase religioso, um voluntariado movido pela caridade, pelo ideal de viver salvando os outros. A medicina não é uma qualidade do ser humano, não é uma virtude.

Quando tenta perscrutar a memória, encontra sempre a mesma imagem: um amanhecer na praia de El Água, na Ilha de Margarita. Andrés tinha dez anos, sua mãe tinha acabado de morrer. Talvez por isso o pai decidiu que os dois passariam uma semana na ilha. Viajaram de balsa, é claro. Era um plano da família para desmontar o apartamento de Caracas, para limpar a presença da mãe sem causar maiores traumas no filho. Javier levou o menino para a praia enquanto suas cunhadas verificavam as cristaleiras, dividiam entre si as roupas, as joias e os outros pertences que haviam sobrevivido ao fatal acidente de avião. No retorno, os dois deveriam encontrar um lugar com menos passado. O vazio era preferível. Seria menos doloroso.

Pegaram a balsa em Puerto La Cruz. Era um barco velho, barulhento. Andrés sentiu que embarcava em uma baleia enferrujada. Foi uma aventura e tanto. Ele correu no convés, olhou por horas para o mar à espera de que os golfinhos aparecessem pulando entre as ondas. Nunca tinha viajado de balsa. Nunca tinha estado numa ilha. Quando se recorda agora, pondera como aqueles mesmos momentos devem ter sido terríveis para o pai. Lá está Javier Miranda, viúvo e com um filho de dez anos.

– Corra, vamos – ele lhe diz o tempo todo. – O que você quer fazer?

Mostra-lhe o mar, mostra as ondas encapeladas, permanece atento ao seu lado, esperando que animais surpreendentes surjam da água. Lá está ele, fazendo o impossível para que seu filho esqueça, para que não sinta falta, para que preencha a ausência da mãe com sol e com água salgada. O Caribe tenta conspirar contra Freud. Andrés anda de um lado para outro enquanto seu pai faz todas as suas vontades, compra um refrigerante de laranja, compra uma empanada de cação; quando finalmente avistam a costa da ilha, o porto de Punta de Piedras, os dois se apoiam num parapeito da balsa para esperar o encontro com a terra. Javier Miranda fala sobre as praias que esperam por eles, sobre aqueles dias maravilhosos que estão por vir. Esse foi o seu luto: preparar uma festa para o filho.

Ao longo dos anos, ele foi localizando seu provável primeiro interesse pela medicina naqueles dias, naquela semana na Ilha de Margarita. Aconteceu no terceiro dia. O pai sempre o acordava muito cedo, como se temesse que Andrés acordasse sozinho, como se não quisesse permitir que o menino tivesse um momento sem nenhum estímulo, sem nenhuma distração. Com os primeiros raios de sol, o pai o acordava tentando improvisar uma nova surpresa, uma nova aventura. No dia anterior eles tinham ido pescar, sem nenhum sucesso. Naquela manhã, ele propôs que corressem para a praia em busca de águas-vivas. Àquela hora, quando a luz ainda estava fraca e a areia estava fria, eles certamente encontrariam águas-vivas perdidas entre os últimos dedos das ondas. Algumas daquelas medusas moles, que podiam queimá-los dentro da água, eram arrastadas para a praia durante a noite. As mais descuidadas, as menos experientes, as gordas e fofas, não conseguiam voltar, ficavam na areia, junto com outras algas marinhas, condenadas a morrer lentamente, secando, sufocadas pelo ar e pelo sol.

Andrés despertou completamente quando a água gelada tocou seus pés. Caminharam quase um quilômetro, mas só encontraram uma pequena água-viva. Na ponta da praia, no entanto, viram um carro de polícia parado na areia. Ao lado dele, havia um grupo de policiais. Os dois se aproximaram rapidamente. O corpo de um homem estava estendido na areia. Tinha as roupas um pouco desfeitas, a pele roxa, os lábios muito inchados. Da cavidade do olho direito brotava uma espuma amarela, como se fosse um brócolis muito pálido, como se um coral flácido escapasse da cabeça do homem. Javier Miranda apertou o braço do filho e tentou tirá-lo dali, mas Andrés se manteve firme, concentrado, olhando para o corpo. Os policiais explicavam vagamente o caso. Não era um turista. Supunham que se tratava de algum pescador da região. Estavam esperando um médico-legista para examinar o corpo.

– Ele está vivo! – disse Andrés, com certa angústia infantil.

Enquanto o pai ouvia as autoridades, ele, intrigado, aproximou-se ainda mais do corpo. Ouviu-o respirar. Viu a boca aberta, percebeu um leve tremor em seus lábios grossos, agachou-se e novamente o ouviu respirar.

– Ele está vivo! – repetiu, gritando.

Apenas o pai correu com urgência para perto dele e segurou sua mão. Os policiais se entreolharam e sorriram. Um deles soltou uma gargalhada. Pelo menos é assim na sua lembrança.

– Está respirando – murmurou, com tristeza, enquanto o pai o afastava do corpo.

– Não – disse o policial. – Escute bem, moleque. O que faz esse ruído é a água se movendo dentro do corpo. Só isso. Escute – voltou a dizer, enquanto se agachava ao lado dele. Todos permaneceram por um momento na expectativa, enquanto um rumor líquido brotava levemente no ar. – Está ouvindo? É só água. O sujeito está bem morto.

Andrés ficou atônito. Imaginou o interior daquele corpo cheio de mar, de água que ia e vinha, que produzia ruídos, que girava, que não podia escapar. Pensou que aquele corpo era uma câmara secreta, onde a água podia fluir livremente. Andrés localiza naquele amanhecer sua primeira curiosidade pelos corpos, a descoberta da existência de uma ordem diferente da ordem das palavras, mais física, mais tátil, menos invisível.

O pai precisou puxá-lo vigorosamente para tirá-lo dali. O menino queria esperar pelo médico, queria saber o que acontecia depois. Claro, o pai temia que a ocasião desnudasse justamente a perda que ele estava tentando esconder. Uma morte evoca outra morte. O corpo de um desconhecido estirado na areia era também o corpo da mãe flutuando sobre os dois, envolvendo-os, girando, molhando-os.

Andrés não se lembra de outra consequência daquela história. Não se lembra, por exemplo, se naquele mesmo dia conversou com o pai sobre a morte, sobre o avião que explodiu no ar; não se lembra se seu sonho recorrente surgiu antes ou depois daquele amanhecer à procura de águas-vivas na praia. Só localiza naquele momento, talvez até caprichosamente, uma imagem primordial de sua vocação. Aos dezessete anos, quando concluiu o ensino médio, decidiu estudar medicina. De forma um pouco infantil, como todos somos nessa idade, ainda se sentiu impelido pela mesma curiosidade, queria descobrir o que havia dentro dos corpos.

Às sete da noite ele desce da montanha. Não há mais ninguém no carrinho que desce pelo teleférico. Ele sente que a sorte lhe propiciou um privilégio raro. A viagem à cidade oferece uma paisagem extraordinária. As linhas iluminadas das rodovias, as luzes das favelas e dos bairros, tudo traça outro mapa na escuridão, uma cidade diferente, quase irreal; uma paisagem parada, sem movimento, uma Caracas inventada naquele instante, que certamente desapareceria assim que ele entrasse de novo nela. Suspenso no ar, quase pendurado sobre aquele precipício distante que é a cidade agora, Andrés toma então a decisão, pega o celular e liga para o pai:

– Papai – ele diz –, você gostaria de ir comigo a Margarita?

* * *

Em seus anos de glória, o bar tinha sido uma tasca. Do teto pendiam pernis de presunto serrano e, para cada bebida, a casa oferecia um aperitivo: pão com *tortilla*, sardinha assada, azeitonas. Agora, daquela herança espanhola só restava o nome: Las Cibeles. Mas o lugar é apenas um bar onde os trabalhadores da região se refugiam depois das seis da tarde. Funcionários de escritórios, secretárias, administradores e servidores públicos de baixo escalão se encontram para compartilhar as fofocas do dia à luz de duas ou três cervejas. Há um torpor de lúpulo por todo o local, uma concentração química que também indica o trajeto para os banheiros. Num canto do balcão, Adelaide e Karina tiveram que esperar o fim da tarde para comer a sobremesa do almoço. A última mensagem de Ernesto Durán continua sendo a parte mais suculenta do cardápio.

– Não pude dizer nada ao doutor Miranda porque hoje cedo ele me pediu para suspender todas as consultas. Disse que não viria esta tarde. Você sabe que tem essa história do pai dele, parece que o velho está muito mal.

Adelaide só tem tempo para assentir. Karina parece muito decidida, fala rápido e com determinação. Não pensou em mais nada durante a tarde toda.

– Isso foi longe demais – acrescenta agora, enquanto alisa a camisa nervosamente. – Se não for hoje, vai ser amanhã, mas eu tenho que contar ao doutor sobre isso de qualquer jeito.

– Também não precisa dramatizar, Karina. Não é o fim do mundo.

– E se o cara estiver mesmo louco? – indaga Karina, genuinamente preocupada.

– Ele só seguiu o doutor um dia, uma manhã. Está desesperado, precisa ver o seu médico.

– Eu estou falando sério, Adelaide. Por favor!

– Eu também. – Ela a fita com cumplicidade, se aproxima dela, baixa a voz. – Muitas vezes as pessoas fazem coisas que parecem loucura. Lembra quando eu te pedi para seguir o Cheo comigo? Você e eu fomos àquele lugar horrível na Avenida Lecuna.

– Você queria ver se ele estava mesmo jogando dominó com os amigos! – Karina recorda. Adelaide assente expressivamente, abre os braços como se quisesse demonstrar assim o absurdo daquela experiência.

– Não foi uma loucura?

– Era um antro horrível, cheio de putas e de bêbados – diz Karina, concordando. – Você suspeitava que ele estivesse te traindo, que estivesse te botando chifres. Você só precisava de uma prova.

– Se alguém tivesse visto nós duas naquele momento, naquela hora, naquele lugar, seguindo meu marido, tentando pegá-lo... O que teria pensado da gente? O que teria dito?

As duas se olham por um segundo. Será isso o que está acontecendo com Ernesto Durán? Precisa de uma prova e está procurando por ela de qualquer maneira, caoticamente, da melhor ou da pior forma. Já não se importa, já perdeu o controle. Como todo mundo, como qualquer um: não é tão difícil perder o controle; quando a gente menos espera, acontece. Assim como Adelaide tinha juntado todas as suspeitas e desejava apenas encontrar uma evidência, assim também, com a mesma necessidade de descobrir a verdade, talvez Durán esteja tentando descobrir sua verdade. Não pode continuar vivendo sem saber o que realmente está acontecendo consigo. A doença também é um ato desleal, uma infidelidade inaceitável.

No auge da terceira cerveja, Adelaide tem a ideia:

– E se você responder?

– O quê?

– Isso mesmo. Você escreve para ele, como se fosse o doutor Miranda.

– Você tem um parafuso a menos, Adelaide. Como pode pensar em algo assim?

– Por que não?

– Porque não, caramba. Porque o doutor Miranda é o doutor Miranda e Karina Sánchez é Karina Sánchez. Porque um despautério desses não se faz, porque...

– Espere, espere. Me ouça. – Adelaide a interrompe, arrasta o seu banquinho, até ficar mais perto de Karina. – Pense nisso só um pouco. Se você contar tudo ao doutor Miranda, se mostrar o e-mail para ele, o que você acha que vai acontecer?

Karina titubeia por alguns segundos. Imagina Andrés, sério, diante dela, com a folha impressa nas mãos, lendo a mensagem em silêncio. Mas a cena se desvanece imediatamente, não tem sequência.

– Não sei. Não faço ideia. Ele pode reagir de muitas maneiras.

– É verdade. – Adelaide se aproxima um pouco mais. – Ele pode dar risada, pode não fazer nada... Ou pode também chamar a polícia. Pode também pôr esse Durán em maus lençóis.

– Mas...

– Não terminei ainda, espere. Não estou lhe propondo um crime, Karina. Você conhece bem o doutor. Há quanto tempo trabalha com ele?

– Sete anos.

– Mais do que duram muitos casamentos. Então, olhe: você conhece o estilo dele, sabe mais ou menos como ele escreve, o que ele poderia dizer a um paciente como esse.

– Eu não sou médica, não estudei medicina.

– Isso não importa. O que importa é que você escreva para ele, que lhe diga alguma coisa.

– Você não tem ideia do que está falando.

– Claro que tenho. Acho que esse homem precisa é que lhe dirijam boas palavras, que cuidem dele, que prestem um pouco de atenção nele.

– E eu acho, Adelaide, que você já bebeu cerveja demais.

– Só tente. Escreva para ele uma vez. Pelo menos para que ele pare de seguir o doutor, para que fique tranquilo com isso. Assim você ajuda os dois.

Karina hesita por um segundo. É um piscar de olhos onde cabem todas as perguntas, onde se insinua a possibilidade de que, de fato, ela pode fazer aquilo. Todas as tentações vivem de segundos como aquele. É só disso que elas precisam.

– O que você tem a perder com isso?

Na verdade, ela também não tem nada a ganhar. Mas a tentação continua ali, de pé, à espera. Por quê? Será que ela gostou de Ernesto Durán? Naquela primeira vez, quando o viu entrar no consultório, achou-o agradável, talvez, mas certamente não foi uma explosão química, ela não sentiu uma atração imediata, indescritível. Durán começou a enternecê-la com as mensagens. De fato, ela o conhecia mais por tê-lo lido do que por tê-lo visto ou por ter conversado com ele. Através da escrita e da leitura, ela tinha começado a desenvolver aquela cumplicidade melancólica que agora começava a se transformar em tensão, em risco. O homem que estava por trás daquelas palavras lhe interessava mais do que o homem que ela tinha visto ou com quem tinha falado pelo telefone. Poderia até pensar que se tratava de dois homens diferentes e que ela ainda não sabia qual dos dois era mais real, mais verdadeiro. Era isso então o que lhe parecia tentador?

– Tudo bem – disse Karina, com um meio-sorriso. – Uma vez. Só uma vez.

* * *

Prezado senhor Durán,

Quero, antes de tudo, me desculpar pelo tempo que demorei para responder aos seus e-mails. Como o senhor sabe, a vida dos médicos é muito ocupada, e particularmente nas últimas semanas eu estive muito ocupado.

Li com atenção tudo o que o senhor me escreveu e achei muito interessante. Por ora, acho que a primeira coisa que o senhor precisa fazer é se acalmar e, acima de tudo, não cometer nenhuma loucura. Falo, sobretudo, de me seguir. Estou me referindo a isso. Não tenho nada contra o senhor, acompanharei seu caso de perto e vou atendê-lo pessoalmente o mais rápido possível.

Nesta semana estarei em um congresso fora da cidade, mas, assim que voltar, entrarei imediatamente em contato com o senhor. Até lá, se isso o ajuda e o alivia, não hesite em continuar me escrevendo.

Espero que esta mensagem lhe devolva a tão necessária tranquilidade. Cordialmente,

Andrés Miranda

* * *

Quando Andrés lhe informou que tiraria alguns dias de folga, que iria com o pai à Ilha de Margarita, Karina viu naquilo a mão de Deus, sentiu que por trás ou por baixo daquele evento imprevisto estavam os dedos invisíveis de uma energia superior. Aquela notícia também foi sua musa, deu-lhe o impulso final para que ela se decidisse escrever o e-mail. Hesitou muito, tentou se colocar no lugar do médico, ensaiou diferentes tons, escreveu vários esboços antes de chegar à versão final. Em algumas ocasiões, o próprio doutor Miranda tinha pedido a ela que escrevesse uma mensagem breve em resposta, quase sempre a algumas solicitações das agências comerciais das indústrias farmacêuticas. Eram mensagens sucintas, com apenas algumas linhas, em que agradecia cordialmente pelo envio de exames médicos, nada memorável, nada pessoal. Nenhum daqueles textos representava para Karina um desafio estilístico, uma tensão, aquela ansiedade fascinante que de repente ela havia descoberto diante da tela em branco: a possibilidade de escolher tinha provocado nela uma sensação indescritível, um vazio trepidante no espírito. Assim como podia ficar paralisada por alguns segundos, de repente sentia uma necessidade urgente de escrever sem parar, aos borbotões, sem medida, sem controle. Poder escolher, por exemplo, entre um *Estimado* e um *Prezado* foi uma grande descoberta. Karina passou quase uma hora tateando cada palavra, degustando as pontas afiadas das consoantes, o som arredondado de algumas vogais; comparava o efeito que cada uma delas poderia ter sobre Durán. Não era pouca coisa: tratava-se da primeira palavra que o doutor Miranda finalmente dirigiria a ele. No final se decidiu pelo *Prezado*, em parte porque lhe pareceu mais formal, mais cauteloso; em parte também porque gostou do *p*. Por mais que se esforçasse, nunca descobriu outro motivo, outra causa. Gostou de começar com *p*. Só isso.

Em relação aos outros pacientes, Andrés conversou com Miguel, que se comprometeu a atender qualquer um deles em caso de emergência. Maricruz Fernández, outra médica do hospital, também estava a postos caso ocorresse qualquer eventualidade. Com a família, também não encontrou dificuldades: Mariana achou o plano excelente. As crianças resistiram um pouco, mas logo tiveram que se conformar: o pai e o avô viajariam durante uma semana, era impossível acompanhá-los sem faltar à escola. O velho Miranda ficou um pouco desconfiado. Andrés, no entanto, rapidamente eliminou qualquer dúvida ao lhe dizer que a viagem era uma estrita questão de negócios: como forma de pagamento, em uma sociedade comercial que estava prestes a se dissolver, estavam lhe oferecendo uma casa. Andrés achava que talvez pudesse ser um bom investimento, tinha decidido ir vê-la e, no meio dos preparativos, ele tinha se lembrado da viagem que pai e filho haviam feito juntos há tantos anos: por que não repeti-la?

Agora ele está no convés da balsa, olhando para o porto. Tão igual e tão diferente da imagem de si mesmo, naquele mesmo lugar e naquela mesma posição, tantos anos atrás. Tem um sorriso frouxo nos lábios. Diverte-se um pouco com a própria tolice, aquele exercício infantil de inventar uma casa, uma sociedade comercial frustrada; há algo que lhe agrada naquela mentira: é uma incerteza feliz, não saber como e quando ele a materializará, lhe dará um significado real, onde encontrará uma casa, de que modo poderá se livrar daquela fantasia que funcionou como um argumento para a viagem. Andrés apoia os dois braços no parapeito e observa como o porto de La Guaira vai ficando cada vez menor. O horizonte é a única medida confiável da velocidade; aquele horizonte cada vez mais embaçado, difuso, é, no entanto, o único sinal de realidade que lhe resta agora. O barco é uma maquinaria grande demais, é impossível saber se ele está realmente se movendo ou se, pelo contrário, como um cachorro entontecido pelo sal e pelo iodo, ele só dá voltas em círculo sobre as ondas. Apenas o horizonte muda, desaparecendo.

– No que você está pensando? – O velho Miranda volta do banheiro e fica a seu lado.

– Em nada. Só estava olhando para o mar. Quer uma cerveja?

O pai diz que sim e os dois vão até o bar. A balsa está quase vazia, apenas alguns turistas alemães, que sempre parecem um pouco perdidos, como se alguém os tivesse enganado, como se a Venezuela fosse apenas um equívoco geográfico, uma gafe no folheto de uma agência de viagens de Berlim. Nas mesas de dentro há um casal. Andrés reparou neles desde o momento em que chegaram. Ela é uma mulata bonita, com cerca de trinta anos, ou pelo menos é o que parece, com cabelos alisados e uma expressão de tristeza no rosto; está com um short bege e uma camiseta branca sem mangas que mal retém seus seios, pequenos e firmes. O homem é um gordo clássico, com a barriga típica de um quarentão mais dedicado à levedura que aos abdominais. Está justamente bebendo uma cerveja. Está também preso a um celular, falando muito alto, movendo-se de um lado para outro, gesticulando com grandiloquência, olhando com desdém para a mulher, como se ela o irritasse, como se estar com ela fosse uma custosa obrigação. Sua atitude é tão ostensiva que logo Andrés começa a duvidar de que ele esteja realmente falando com alguém. Fala tão alto, sempre dando ordens ou despachando instruções, sempre como se estivesse conversando com empregados, com subalternos; nunca recebe chamadas: cada vez que desliga, é ele mesmo que imediatamente volta a ligar; e logo começa de novo sua breve rotina: perambula, gesticulando, projetando a voz, pavoneando-se, com a evidente intenção de ser visto e ouvido pelos outros. Não tem pudor, nem um pequeno grão, nunca baixa o tom. Andrés acaba concluindo que é tudo uma farsa, uma farsa que a mulher suporta com dificuldade cada vez maior, por isso viaja com aquela melancolia tatuada no rosto, sente-se envergonhada, talvez ache que é tudo muito óbvio, que qualquer um pode perceber. Seu marido, seu namorado, seu parceiro ou o que quer que ele seja, está fazendo um papel ridículo, talvez seja isso que ela pensa. Num momento, a certa distância, ele grita algo para ela que Andrés não consegue compreender, mas imediatamente ele a vê se levantar e ir ao bar, e então compreende que o gordo ordenou que ela fosse buscar outra cerveja. Ele aperta o celular na mão direita. Aperta a lata vazia na mão esquerda. O celular continua firme, a lata está amassada, estrangulada. O homem a joga no mar.

– Não te incomoda viajar de balsa?

O pai se sente culpado: por ele, por seus traumas, eles estão ali, numa embarcação cujo percurso leva cinco horas. Poderiam ter feito o mesmo trajeto num avião, flutuando no ar por apenas trinta minutos, se ainda não fosse refém do medo de aviões. Andrés lhe diz que não tem importância, que ele está bem, não há pressa, além disso, eu gosto de estar numa balsa de novo. Javier Miranda não tem tanta certeza, acha que o filho fala apenas da boca para fora. Mas não se importa; na verdade, no fundo, sente-se agradecido. Seu pavor de voar é mais forte do que qualquer outro medo. Não pode controlá-lo. Sente que não poderia colocar os pés no chão de uma pista de pouso sem começar a tremer. Imagina que ficaria azul, seus lábios se inchariam, sentiria um desconforto preciso nas maçãs do rosto, como se seus olhos estivessem se esticando para dentro da cabeça, como se suas pupilas estivessem tentando fugir para dentro do corpo. A simples imagem de um avião no céu o deixa nauseado. Precisa pensar em outra coisa.

– Na última vez que fizemos esta viagem, sua mãe tinha acabado de morrer – diz então.

– É. Você queria me distrair – responde Andrés. – Você queria me tirar de casa. Foi por isso que a gente veio.

O velho, então, pensa que talvez agora eles estejam fazendo a mesma coisa, mas ao contrário. Demora um pouco para desenredar a frase, embora a entenda perfeitamente desde o início: os dois estão fazendo agora o mesmo trajeto, mas desta vez, porém, talvez seja ele, Andrés, seu filho, que procura distraí-lo. Será isso mesmo? Não se atreve a lhe perguntar.

Quando se começa a avistar o porto de Punta de Piedras, como se fosse apenas uma sombra embaçada, costurada no final do céu, o gordo pede mais uma cerveja à mulher. Agora estão todos lá fora, no convés. A maioria dos poucos passageiros se reúne na ponta do barco e observa o litoral, o próximo destino fixo. Um menino grita insistentemente para o mar, grita uma única palavra: golfinhos! E estica as vogais, alongando-as até fazê-las chiar. Golfinhos! E depois assobia, chamando-os. Talvez alguém tenha lhe dito que golfinhos eram cachorros. De qualquer forma, o menino grita como se acreditasse firmemente naquilo. Também grita com seus pais, protestando, reclamando de que, durante toda a viagem, eles não viram um único animal marinho mais ou menos memorável. Nem uma baleia, nem uma toninha, nem um golfinho.

– Vocês mentiram pra mim! – grita o menino.

Os pais parecem fartos e, como se o filho também fosse responsabilidade dos outros passageiros, vão para o interior da embarcação e deixam o menino no convés.

– A gente já volta, Roberto – eles dizem.

– Golfinhos!

Andrés também aproveita para ir para o interior da balsa. Na verdade, está interessado na esposa do gordo do celular. Com a desculpa de ir pegar um café, ele também vai para a parte coberta do barco. O velho fica olhando para o horizonte, para a faixa de terra que ainda não deixa de ser uma bruma, uma mancha ao fundo da paisagem. Dentro há ar condicionado, mas não esfria muito, não o suficiente. Há também moscas que voam lentamente, quase parece que estão tontas, planam com dificuldade letárgica a meia altura. Em vez de procurar golfinhos, o menino devia caçar moscas, pensa subitamente Andrés. Mas se esquece imediatamente da criança quando se aproxima do balcão onde a mulher espera pela cerveja. Para ao lado dela, sorri para ela, buscando alguma cumplicidade. De repente é invadido por uma leve sensação de ridículo. Há quantos anos não faz algo assim? Na verdade, não quer seduzir a mulher, só brinca de seduzi-la, treina um pouco os músculos do flerte, retorna a uma ginástica que abandonou há muito tempo. A mulher também sorri para ele. Sem outro encorajamento além do sorriso, Andrés deduz e permanece calado. Passam alguns segundos até que Andrés ensaia meio bocejo, é uma performance bastante deplorável, mas não conhece nenhuma outra, e volta a sorrir. Pede um café. Espera mais alguns segundos, olha de soslaio para a mulher até que se atreve a tentar começar uma conversa:

– Viagem longa, não é? – ele diz, mas se arrepende quase instantaneamente. "Viagem longa." O que quer dizer isso?

– É, bastante – responde a mulher, depois de uma pausa.

Andrés lhe devolve um sorriso enorme, agradecido. O sorriso dela é menor, mas ele não se importa. O atendente volta com a cerveja, a mulher paga. Andrés pergunta se ela mora em Margarita, a mulher responde que não, que mora em Maracaibo, está acompanhando o marido que vai à ilha a trabalho. Andrés então entende que aquele gordo que fala ininterruptamente com ninguém no celular é, primeiro, marido dela, e, segundo, um homem que tem um trabalho, um homem que faz negócios e viagens de negócios. A mulher não vai embora. Parece esperar que ele pegue o café. Não se mostra ansiosa em levar a bebida para o marido o mais rápido possível. Secretamente, Andrés gosta de pensar que a cerveja está esquentando. Eles começam a conversar sem muita ênfase, como se se deixassem levar por uma curiosidade natural, como se a única coisa que lhes permitisse ficar juntos fosse a necessidade implacável de matar tempo. Assim ele descobre que ela se chama Yadira, que não faz muita coisa além de ser a mulher do gordo, que não é casada com ele, mas o chama de marido, que eles não têm filhos, também não fica muito claro se eles moram juntos ou se Yadira é sua segunda firma, a sucursal da família oficial do gordo. Andrés mente, diz que é divorciado, que está viajando com o pai para passar alguns dias na praia: às vezes é bom espairecer, você sabe como é. Não sabe muito bem por que diz tudo aquilo, mas sente que faz parte do jogo, que deve se mover dessa maneira. Pede um segundo café. Ela continua a falar sobre a sua vida, cada vez com mais detalhes, com mais alegria. A lata está suando sobre o balcão.

Yadira está falando sobre sua adolescência, contando por que abandonou o ensino médio, quando de repente aparece o gordo do celular: seu rosto está grudado na janela de fibra de vidro e, do lado de fora, do convés, ele os observa. Com o nó dos dedos ele dá umas batidas naquela espécie de plástico opaco, seu nariz achatado se parece ainda mais com um focinho. Está obviamente de péssimo humor. Yadira nem se despede. Pega a lata e vai embora.

– Aonde você foi buscar o café? Em Caracas?

– Estava conversando com uma moça – diz Andrés, sorrindo, enquanto lhe estende o copinho descartável. O velho Miranda bebe e passeia o olhar pelo convés, como se tentasse localizar que moça poderia ter retido o filho.

– Aquela ali. – Andrés lhe poupa o esforço e aponta com os lábios para um lado do barco, onde o gordo não fala mais no celular e, ao que tudo indica, reclama, irritado, com Yadira.

– É bonita – diz o velho.

Andrés assente. Depois eles se viram de novo para a ilha. Agora sim é a ilha, tem forma, relevo, aquela cor amarela e avermelhada de terra seca, árida. A luz do sol castiga os olhos. O velho, então, através de muitos rodeios, tenta descobrir se há alguma razão específica para a viagem que eles estão fazendo. Andrés, desde o início, sabe do que se trata, compreende que por trás de todas as palavras do pai estão respirando os exames clínicos, a tomografia, os resultados da ressonância magnética... Tudo aquilo está ali agora, no meio do mar. Sobre a água há também uma sala de cirurgia, sondas que nadam como cobras, gazes flutuantes, tubos, papéis, seringas. O sol é um estetoscópio amarelo. Andrés olha de soslaio para o pai, usa sua mão direita como viseira, encaixa-a em suas sobrancelhas tentando fazer uma sombra. Aquele poderia ser um bom momento para dizer a verdade. É mesmo? É um bom momento? É o melhor momento? Não seria cedo demais? Eles ainda nem chegaram à ilha. O que aconteceria depois? Como será a viagem a partir do momento em que Andrés contar a verdade?

– Não sei – diz seu pai, tentando concluir o que deseja lhe perguntar. – Achei que talvez houvesse outra coisa, você sabe o que quero dizer.

Sempre há outra coisa. Algo que se move, algo que estraga, algo que não serve mais. Essa é a inevitável história dos corpos, a biografia da deterioração. A saúde é um ideal imóvel. A mais perversa de todas as utopias. Michel Foucault dizia que, se a aceitamos a partir da experiência da morte, a doença pode até ser vista como um exercício da vida. "A partir do cadáver nós a percebemos, paradoxalmente, como vida." É isso mesmo. A saúde não existe, é um céu que não faz parte da existência: os seres humanos só podem viver doentes. Só que no caso do pai a doença já está no seu último estágio. O que virá depois? O velho continua olhando para ele, como se secretamente também estivesse aguardando essa revelação. Por que não lhe diz a verdade agora, neste instante?

O grito de Yadira é uma afronta. Todos se viram: ela não está no chão, mas se mantém de pé apenas porque o gordo a segura firmemente pela mão. Ele acaba de dar um soco na cara dela. Yadira cobre o rosto e move a cabeça.

– Me solte! – ela grita.

Mas a única resposta do gordo é um pontapé. E depois outro, na barriga, ou mais em cima. Talvez tenha atingido as costelas ou os seios. Andrés imediatamente tenta correr, mas seu pai o segura com firmeza.

– Não seja idiota – ele diz. – Não se meta nisso.

O velho está transido, enterra as unhas no corpo do filho. Outros curiosos gritam, os turistas alemães se olham sem entender muito bem se o que veem é real ou se é parte de um pitoresco programa de boas-vindas; dois funcionários da balsa correm em direção ao casal, tentam intervir, mas não chegam antes que o gordo desfira uma bofetada que definitivamente derruba Yadira. Quando o seguram, ele ainda luta e esbraveja, insultando-a. Outros dois funcionários chegam e o afastam à força. Yadira permanece sozinha por alguns segundos, sentada no chão do convés, encolhida sobre si mesma. Cabisbaixa, ela cobre o rosto, soluça, como um animalzinho ferido, assustado. Andrés tenta novamente ir até ela, mas seu pai, com uma força surpreendente, impede-o.

– Não – sentencia em voz baixa. – A menos que você queira que ferrem com ela ainda mais – acrescenta.

Andrés olha para ele, um pouco espantado. Uma senhora se aproxima de Yadira, ajuda-a a se levantar, dá-lhe um lenço para secar o sangue do rosto. Enquanto ela se dirige ao toalete,

Yadira e Andrés cruzam olhares por um instante. Ela imediatamente volta a abaixar a cabeça.

Quando tiram o carro da balsa, passam diante do casal. Yadira continua sem erguer os olhos do chão. Ao seu lado está o gordo, falando ao celular, enquanto um motorista coloca a bagagem dos dois no porta-malas de um táxi. Depois que ele abre a porta, o gordo vira de lado, sem parar de falar, para que Yadira possa entrar no carro primeiro. Quando ela passa, ele acaricia de forma um pouco tosca o cabelo da mulher; ela se afasta, sem muita convicção. Durante todo o trajeto até o hotel, Andrés vai olhando para o táxi pelo retrovisor. Em certo momento, na estrada, a luz da tarde transforma o táxi em uma lâmina de barbear, uma fina lâmina de metal que segue atrás deles, sem pressa, mantendo sempre a mesma distância, a mesma velocidade, e permanece sempre ali, afiada, seguindo-os. Andrés olha para o pai, adormecido ao lado dele, vencido pelo sono, já sem perguntas.

Submerso no sonho, ele parece mais feliz, como se estivesse a salvo.

* * *

Prezado Doutor Miranda,

O senhor me respondeu! Ainda não posso acreditar! Juro que, quando vi o seu nome na caixa de entrada do meu e-mail, fiquei paralisado. Meus olhos ficaram úmidos, de verdade. Levantei, dei alguns passos, voltei a me sentar, voltei a levantar, sentei de novo... Não sabia o que fazer! Tinha vontade de gritar, de pular, de sair correndo. Queria sair e chamar os vizinhos, ou de correr até a janela e gritar: ele me escreveu! O doutor Miranda finalmente me escreveu! Meus olhos ficaram úmidos, doutor, de verdade. Aliás, para dizer a verdade, ainda estão úmidos. Acho que estou emocionado demais para lhe responder neste momento. Neste momento posso dizer apenas obrigado, doutor. Obrigado! Obrigado! Obrigado!

Ernesto Durán

* * *

Prezado Doutor Miranda,

Acabo de lhe enviar um e-mail que agora gostaria de apagar. De repente, achei que talvez o senhor o considere muito efusivo, muito louco. Por favor, não se assuste. Pense que foi apenas uma reação momentânea. Não se assuste, por favor. Apenas entenda que, bem..., foi como um clarão, num instante eu fiquei muito feliz e muito animado. Espero que me entenda. Não quero assustá-lo de novo.

Atenciosamente,

Ernesto Durán

* * *

Prezado Doutor Miranda,

Só mais uma coisa. Pensei nisso depois de lhe enviar a última mensagem. Mas essas coisas não têm volta. O senhor sabe, a gente envia a mensagem e não dá mais para voltar atrás. Então eu fiquei pensando em outras coisas. E, bem, eu queria lhe dizer que, de agora em diante, o senhor pode estabelecer as regras. Queria que o senhor soubesse que eu estou disposto a aceitar o que o senhor disser, que de agora em diante nosso relacionamento será nos termos que o senhor estipular. Afinal, o senhor é o médico. Eu juro que mudei. Juro que estou muito melhor agora.

Muito grato,

Ernesto Durán

* * *

Os dias que eles passam na ilha não são como o esperado, pelo menos não para Andrés. A começar pela própria paisagem: não há nada na areia e no mar que lhe recorde a ilha de sua infância. Parece quase um detalhe excêntrico pensar que, em algum momento, aquela costa amanhecia cheia de águas-vivas mortas; agora ela amanhece cheia de turistas alemães e canadenses, homens corpulentos, com tatuagens nos braços, sujeitos muito pálidos que talvez trabalhem em postos de gasolina em Hamburgo e agora estejam aqui aproveitando a oferta mais barata do Caribe. Embora isso, no fundo, seja apenas um detalhe, uma desculpa diária para que ele não encare o que veio fazer aqui. Não importam as praias que eles visitem, nem importam muito os planos que eles façam; ele nunca acaba conseguindo falar com o pai. Vê as horas e a paisagem passarem sentindo a mesma impotência, sentindo-se incapaz de lhe dizer a verdade.

Um dia vão a Macanao, a parte mais agreste e solitária da ilha, onde o sol parece ter emperrado, ficando enganchado para sempre numa pedra. A luz está no nível do chão. A terra desértica é outra versão do mar, que contrasta ou dialoga com ele. São dois pedaços de um mesmo corpo, o azul que respira seu movimento e o marrom, sempre imóvel. Nem mesmo ali, na praia de Punta Arena, Andrés consegue encarar o pai e lhe transmitir de uma vez a terrível notícia. Nunca obtém o melhor momento, falta sempre alguma coisa, nunca consegue ter coragem. Começa então a achar que a viagem não foi uma boa ideia, que para contar a verdade é preciso mais do que se transportar para outro lugar. O mar e a terra, azul e marrom, lhe parecem então um mesmo cadáver.

À noite, tem muita dificuldade para dormir e, quando por fim tem êxito, dorme mal; o sono parece estar dominado pela inquietação. Andrés acorda com a sensação de não ter descansado; levanta da cama como alguém que está voltando de uma tarefa árdua e sombria, como se voltasse à luz após uma intensa batalha. Quando abre os olhos, a cada manhã, sente como se estivesse no meio de uma fuga, mas que subitamente se salvou, sabe-se lá do quê, sabe-se lá como. Porque, além disso, ele nunca se lembra do que sonhou, tem apenas uma angústia espessa sob as pálpebras, não há mais nada ali.

O pai, por sua vez, parece dormir mais placidamente. Andrés preferiria não dividir um quarto duplo, mas o velho insistiu, achou que era um gasto desnecessário.

– Mesmo se a gente não fosse da mesma família – ele murmurou diante da funcionária que os atendeu na recepção do hotel.

Era essa a função da família, com certeza, Andrés pensou. Para pôr lado a lado as escovas de dentes e compartilhar o papel higiênico. Para se consultar mutuamente antes de mudar o canal da televisão. Para encontrar fios de cabelo no ralo do banheiro. Para não poder ficar em silêncio sem que o outro pergunte "o que há com você?". Para fechar os olhos com tranquilidade. Para apagar a luz e não sentir medo. Para estar perto. Todas as noites, o pai dorme primeiro. Antes das onze, ele começa a cochilar, anda para lá e para cá, manuseia o jornal sem muito tino, como se quisesse ceder a alguma página, até que finalmente a noite o derrota. Seu pai usa um pijama com listras apagadas, azuis, talvez cinzentas. Dorme de barriga para cima, com os braços esticados e a boca entreaberta. Andrés se surpreende com aquela posição, quase lhe parece um excesso de confiança: ele jaz com uma placidez tão maravilhosa, seguro de que nada pode perturbá-lo; dorme como se nada pudesse feri-lo, como se fosse uma criancinha que em um passeio de família adormeceu sobre a grama, sem preocupação alguma, com a certeza de que nada o ameaça. Andrés o observa e o inveja. Ele, por sua vez, deita-se de lado, com os braços cruzados, quase encolhido sobre si mesmo, apertado contra o travesseiro.

O pai não ronca. Na primeira noite, no entanto, Andrés passou muito tempo ouvindo sua respiração. Quando ficou tudo escuro, ele percebeu que aquele pequeno ruído começou a povoar todo o quarto, sentiu que o ar rangia ao entrar e sair do corpo do pai; não pôde deixar de se lembrar de um imenso catálogo de neoplasias: uma imagem de pulmão com nódulos tumorais múltiplos que parece um pedaço de carne cheio de fungos, uma linfangite carcinomatosa em que o pulmão parece mais um peixe seco; imagens de ulcerações tumorais, de invasões parenquimatosas que deixam áreas amareladas e focos hemorrágicos; imagens dos vasos linfáticos pulmonares quase necrosados... Andrés se sentou na cama, agitado, ligou novamente a televisão, olhou para o pai dormindo, deitado de barriga para cima, com os braços esticados e a boca entreaberta, descansando, como se nada estivesse acontecendo ao seu redor, como se nada estivesse acontecendo também dentro do seu corpo. Aproximou-se dele, agachou-se ao lado da cama, ouviu mais de perto sua respiração. Não sabe por quanto tempo ficou assim, paralisado entre as sombras e o reflexo oblíquo da tela da televisão, sem pensar em nada, parado, respirando ao lado do pai.

O momento em que Andrés está mais perto de dizer a verdade é a tarde em que eles ficam quase até o anoitecer na praia de Puerto Cruz. Compraram uma garrafa de vinho tinto e estão sentados à beira-mar, onde as ondas se esparramam na areia. Os dois bebem em silêncio. Mas Andrés sente que não pode ficar tranquilo ao lado do pai, que permanece o tempo todo como um caçador, atento, pronto para atacar, esperando o momento ideal para cumprir o motivo secreto da viagem. Seu pai, por outro lado, à medida que passam os dias, parece estar mais confortável, mais calmo, aproveitando mais cada momento. Eles conversam um pouco sobre tudo e acabam, naturalmente, falando sobre o país. Isso agora é muito comum. Andrés de repente pensa que a situação política salvou muitos casais que não tinham mais nada sobre o que conversar. Agora as famílias se reúnem e já têm um assunto. A política ressuscitou os laços, a euforia, as formas de distribuir as paixões. Mas, com seu pai, isso também não faz muito sentido. Depois de duas ou três frases, eles ficam entediados. Andrés volta a encher de vinho os copos de plástico.

– Você não acha maravilhoso? – ele diz, como se esperasse introduzir um clima auspicioso. – Quero dizer: estarmos os dois aqui, desse jeito.

– É – diz o velho Miranda, pausadamente, satisfeito, depois de olhar de novo para o mar. – Sabe o que eu acho estranho? – acrescenta –, o mar não tem cheiro. O mar não tem mais cheiro.

Andrés olha para o mar. Aspira o ar profundamente. Seu olhar se afasta de repente até o final da longa tela azul que se move na frente deles. É este o momento? O que ele pode dizer? Será que agora, com este cenário, é o momento ideal para introduzir um diagnóstico e propor um debate sobre a nosogenia de uma condição pulmonar?

– Não tem cheiro de nada – repete o pai, ao seu lado.

Mas Andrés não tem mais coragem de olhar para ele, só ouve o desfalecimento de uma pequena onda ao lado deles. Os dois estão com as nádegas na areia. Quando a água vem, mal chega a molhar seus umbigos. O que ele está esperando? Quanto tempo mais pode adiar o que é cada vez mais evidente? Seu pai olha para o mar, cheirando o ar. Está com o copo de vinho na mão e subitamente tem um acesso de tosse, dobra-se sobre si mesmo, o copo treme em sua mão e cai na água. Javier Miranda não para de tossir, Andrés tenta ajudá-lo, o vinho mancha a água de vermelho, o mar fica tinto. Quando o velho consegue endireitar o tronco novamente, está crispado, como se estivesse sofrendo um ataque de asfixia, e Andrés descobre então que o pai vomitou na água, que ele vomitou sangue, que não é vinho todo aquele vermelho que os cerca, que parece ir tingindo a água ao redor deles, expandindo a cor rumo ao horizonte, molhando também de vermelho a areia. O mar de repente é todo sangue, o sangue de seu pai.

Qual é o cheiro da água agora?

Andrés o limpa, o ajuda, o tranquiliza. Eles vão a um posto médico perto dali, na estrada, e depois a uma farmácia. Andrés lhe diz que é uma intoxicação alimentar, que com certeza o atum com soja que comeram no almoço fez mal a seu estômago. Nesta noite, seu pai dorme cedo e Andrés toma um comprimido para dormir. No dia seguinte, eles devem pegar a balsa de volta. Ele sonha e novamente não sabe o que sonhou. Acorda com a boca seca. De manhã, enquanto escova os dentes, pensa em escrever uma carta, em escrever uma longa carta para o pai, dizendo-lhe a verdade e explicando como é difícil para ele lhe contar a verdade. Imediatamente se sente ridículo. Pensa que a escrita é um recurso covarde, que só escrevemos por medo.

* * *

Karina não entende como em tão pouco tempo a correspondência se tornou um vício. Desde que Andrés foi para a Ilha de Margarita, Ernesto Durán não parou de escrever. Todos os dias, quando ela chega ao consultório, já há uma mensagem à sua espera. Todos os dias, também, antes de ir embora, a própria Karina lhe envia uma resposta, outra mensagem que, lentamente, durante todas as horas do dia, ela vem escrevendo e reescrevendo, corrigindo com calma e empenho. Comprou um dicionário para não repetir muito as mesmas palavras. Também toma muito cuidado com o tom. Isso é o mais difícil. Porque às vezes ela se sente tentada a se soltar e a esquecer que é o doutor Miranda quem está escrevendo, ainda que ela saiba que o doutor Miranda também jamais escreveria assim. Há proparoxítonas e adjetivos que só podem ser dela. Aquelas mensagens também são meio suas.

De modo geral, a correspondência se manteve numa intimidade estritamente clínica. Dessa forma, Karina conseguiu descobrir que aquilo que Ernesto Durán chamava de *a doença,* com ou sem itálico, quase onipresente, começou com uma labirintite, ou pelo menos com uma suposta labirintite. Certa manhã, ao se levantar da cama, Ernesto Durán percebe que o equilíbrio o abandonou. Para se manter de pé, precisa estar constantemente apoiado em alguma coisa ou em alguma pessoa. De repente, tudo se transforma numa bengala, num corrimão. Depois de fazer um périplo por vários especialistas, dedica-se a um tratamento para atacar uma leve infecção no ouvido médio. A partir daí, no entanto, tudo começa a ficar confuso. Embora, ao que parece, o problema do ouvido tenha sido sanado, os sintomas não desapareceram. Todas as manhãs, Durán acordava com a mesma sensação de fragilidade. Levantava-se e imediatamente sentia que seu próprio corpo era um precipício, que a qualquer momento poderia desmoronar. Embora os médicos que o atendiam assegurassem que ele estava curado, que biologicamente era impossível que Durán sentisse o que sentia, ou o que ele dizia sentir, ele insistia, apenas ele podia saber realmente o que lhe acontecia. Quem é o sujeito da doença?, ele perguntava. O médico ou o paciente?

Ernesto Durán tentou de tudo, das últimas tendências da homeopatia amazônica à chamada medicina sistêmica; foi operado – sem instrumentos e às margens de um rio, perto de Maracaibo – por um cara que só falava português. Também permitiu que uma freira do convento de San José de Tarbes pusesse as mãos sobre seu abdômen enquanto rezavam juntos o rosário. Nada funcionou. Só o tempo, como escrevia Ernesto Durán, foi aos poucos ajudando-o a viver, a conviver, ou, melhor dizendo, a sobreviver, com sua doença.

A presença diária das mensagens, o diálogo permanente com aquela voz, no entanto, foi gerando outro tipo de intimidade. Agora Ernesto Durán também se tornou um personagem que tinha cada vez mais peso dentro da vida de Karina. Numa tarde, sentada no metrô, ela se viu pensando nele. No fim de semana, no bairro, também se lembrou dele. E passou uma parte da manhã de sábado imaginando-o. Onde ele moraria? Como seria seu apartamento? Será que ele arrumava a cama de manhã? O que haveria em sua geladeira? Deixava tudo esparramado ou era neurótico por arrumação? Que música ouvia? Afinal, tinha namorada ou não? Seria essa a origem remota de todos os seus males? Seria o divórcio a causa de todos aqueles sofrimentos?

Karina chegou a imaginar uma história em que Ernesto chega de surpresa em casa numa tarde e encontra a esposa transando com um vizinho. Ali mesmo, na sala. Quando abre a porta, Ernesto vê sua esposa nua, ajoelhada, chupando o pênis do vizinho do 3C. É uma situação terrível, em que ninguém sabe muito bem o que fazer, como reagir. Ela se retrai um pouco, o vizinho dá um passo para trás, Ernesto está tremendo. O pênis continua ereto no meio da sala. Essa é talvez a coisa mais grosseira, mais brutal: que o sexo do vizinho não tenha o menor respeito, que a situação não o afete nem um pouco. Ela passa a mão pelos lábios. Ernesto a observa, atônito. A surpresa o paralisou. O vizinho só observa suas roupas, no chão. Como se estivesse no mar e procurasse uma boia, um bote salva-vidas. Quando se deu conta, Karina instintivamente balançou a cabeça, desejando expulsar da sua manhã de sábado aquele triângulo. Naquele momento começou a angústia: por que ela tinha que ficar pensando naquelas coisas? O que a ex-mulher de Ernesto Durán estava fazendo, em sua cabeça, com um vizinho? Que diabos ela tinha de se importar com tudo aquilo?

– Você está ficando viciada – diz Adelaide. E diz com a voz meio cantada, deixando insinuar certa malícia em sua advertência.

Adelaide é a revisora. A cada tarde ela lê a mensagem do dia, opina, critica, sugere mudanças, sempre mais ousadas. Não tem as dúvidas nem os remorsos que às vezes acometem Karina. Adelaide está disposta a ver naquela história o embrião de um romance no estilo de um filme americano. Se Karina tivesse um parceiro, um namorado, se pelo menos dormisse com alguém uma vez por semana, certamente não teria sido apanhada, presa como um inseto, pelas palavras daquele doente imaginário, daquele louco. É o que Adelaide pensa. Que talvez sejam coisas do destino. Os caminhos da solidão são infinitos. É o que ela diz.

Karina também está confusa. A iminência do retorno do doutor Miranda a deixa ainda mais nervosa. Ela acha que não será possível manter aquela farsa por muito tempo. Mais cedo ou mais tarde, Ernesto Durán voltará a telefonar ou a procurar, e acabará encontrando Andrés Miranda. E então? O que acontecerá nesse dia? É clássico demais: em menos de um segundo, o que parecia desculpável e engraçado de repente se revela trágico e perigoso. Ela se angustia. Não entende como pôde ir tão longe, não entende sequer como pôde se deixar convencer e responder à primeira mensagem se passando pelo médico. Nunca deveria ter dado aquele primeiro passo fatal. A mentira é uma droga pesada. Agora ela não sabe como se livrar dela, como deixá-la. Não sabe sequer se realmente quer se livrar dela. A cada vez que escreve, Karina sente a mesma coisa. Está parada sobre uma faixa invisível, de pé sobre uma borda que divide duas naturezas muito diferentes: de um lado estão aquelas palavras secas, sóbrias, diligentes, opacas, corretas, bem administradas, mas sem graça. Do outro lado, as outras, as palavras brilhantes, afiadas, frondosas, desordenadas, carnívoras, voluptuosas, mas também incontroláveis. É cada vez mais difícil manter o equilíbrio. Ela tem cada vez menos confiança em si mesma.

Um dia antes de o doutor Miranda voltar ao consultório, o e-mail de cada manhã de repente trouxe uma emergência precisa:

Caro Andrés,

Passei a noite vomitando e com muita febre. As náuseas não me dão trégua e estou com a pressão muito alta. Não consigo nem me levantar da cama.

Meu número é: 5514978. Assim que ler isso, por favor, me ligue.

Seu amigo,

Ernesto

* * *

Na volta, a viagem se torna mais longa. Parece até que a luz da tarde impede que a balsa avance mais rápido. O ânimo dos passageiros também é diferente. Trata-se de uma volta peculiar, a areia vai se desvanecendo lentamente na memória, uma decepção suave parece tomar conta de todos que estão no convés. Andrés também se sente frustrado, decepcionado consigo mesmo. Ele mentiu para Mariana ao telefone, não teve coragem de lhe dizer que foi impossível cumprir o objetivo da viagem. Essa mentira faz com que ele se sinta ainda mais vulnerável. É tudo uma multiplicação de sua própria estupidez. Naquela mesma manhã, em Pampatar, diante da insistência do pai, também teve de agir absurdamente. Precisava se desembaraçar de alguma forma da mentira que tinha inventado para justificar a viagem. Desde que chegaram, tudo o que o velho Miranda fazia era lembrar que eles tinham ido à ilha para ver uma casa que supostamente estavam oferecendo ao filho como parte do pagamento de uma dívida. Na verdade, era uma história ambígua, um pouco enrolada, sem muitos detalhes. Porém, tendo chegado à ilha, na hora de se concretizar, a história sustentava com dificuldade sua própria fragilidade.

– Não vamos ver a casa afinal? – perguntou o pai, já estranhando, enquanto comiam frutas no café da manhã.

– Vamos, claro, vamos sim.

À beira da estrada, a caminho de Pampatar, Andrés viu um condomínio em construção. Foi a única coisa que lhe ocorreu. Freou de modo um pouco brusco, explicou apressadamente ao pai que era justamente aquele o condomínio que eles tinham vindo olhar. Mas não o deixou sair do carro.

– Espere aqui – ele disse, enquanto se afastava rapidamente rumo à construção.

Falou com um engenheiro e com alguns pedreiros que, sem pressa alguma, acabavam de colocar o telhado em uma das casas. Fez algumas perguntas bobas, gesticulando, para que o pai, a distância, acreditasse que ele estava falando sobre o negócio, pedindo detalhes práticos, relacionados à arquitetura das casas, que estava enfim tratando do real motivo da viagem. Esforçou-se ao máximo para ficar por quinze minutos na obra. O engenheiro começou a achar que Andrés estava louco. Ou que era um idiota empenhado em desperdiçar o tempo inutilmente. Como cúmulo do absurdo, ao se despedir, Andrés o abraçou. O engenheiro achou então que o idiota era também um veado. Andrés voltou ao carro para contar ao pai tudo o que havia fingido. O velho Miranda não gostou das casas.

– Não acho que seja um bom negócio – ele disse.

Andrés se lembra da cena e tem um pouco de vontade de rir. Mas também se sente patético. Tudo faz parte da mesma sensação que o envolve. Talvez no fundo se sinta indignado por se descobrir tão fraco, tão incapaz de lidar com a situação. Já fez aquilo tantas vezes, com tantas outras pessoas, de forma cruel e sem misericórdia alguma. Sentindo que estava fazendo a coisa certa, que a franqueza devia ser eticamente uma das armas da medicina. Entretanto, via-se agora envolvido em um circo de protelações infinitas. O pai está vindo com dois cafés. Um com leite e o outro puro.

– Tudo bem? – ele pergunta.

As luzes de La Guaira estão cada vez mais próximas. Andrés olha para ele e sabe que já não há o que fazer.

– O que foi? – indaga o pai, compreendendo que algo está acontecendo, fitando o semblante tenso do filho.

Andrés junta as mãos, pigarreia. As palavras são quase uma agrura física em seu interior. Ele pode sentir como há vogais que raspam seu esôfago, consoantes que se precipitam rumo ao céu da boca. É inevitável. Não há mais nada a fazer. Às vezes acontece assim. A gente sempre acaba falando quando não tinha planejado, quando não esperava mais, quando já não há o momento ideal. Às vezes, as palavras se pronunciam sozinhas, falam por conta própria.

– Você está com câncer, papai – diz Andrés, de repente. Em voz baixa. Porque há coisas que só podem ser ditas em voz baixa.

11

Preferiria que tudo fosse mais nebuloso, que aquela tarde não permanecesse tão nítida; que se distanciasse um pouco, que com o passar dos dias ela também fosse se perdendo, submersa naquele cômputo ocioso do passado. Mas não. Aquela tarde está sempre lá, aflitiva, áspera, pungente; depois daquele dia, por trás de cada tarde, há sempre aquela outra tarde, mais sólida e inesquecível. Andrés fez o possível para ela desaparecesse, mas é inútil. É uma mancha que não sai com nada, não vai embora. Durante duas semanas, Andrés não parou de se ver nela, de ver a si mesmo, todas as tardes, naquela mesma tarde, uma tarde dentro da outra, repetindo, sempre repetindo:

– Você está com câncer, papai.

O velho Miranda ficou perplexo. Andrés não tolerou seu olhar. Desviou a cabeça, envergonhado. No fundo da paisagem estava o porto de La Guaira, iluminado de maneira desigual. Ficaram em silêncio por alguns segundos até que:

– Olhe para mim.

Mas Andrés não olhou. Seu pai insistiu:

– Olhe para mim.

Não precisava levantar a voz. Seu tom era forte, cada vez mais cheio de autoridade.

– Olhe para mim, caralho!

Quando Andrés finalmente virou o rosto, viu um homem desconjuntado, choroso. Seria difícil determinar o que o abalava mais naquele momento. A surpresa? O susto? A indignação? A raiva? Seu queixo estava tremendo. O rosto do pai ganhou de repente uma palidez impressionante, como se fosse um súbito rubor branco. Andrés quase conseguiu sentir o ranger dos dentes dentro daquela mandíbula apertada e trêmula. Seu copo de café caiu no chão. Ao bater no chão, o plástico chiou e o líquido espirrou nos sapatos de borracha de Andrés.

– Desde quando você sabe?

Andrés voltou a se sentir como uma criança diante do pai, voltou a achar que a ideia da viagem tinha sido um grande equívoco, uma enorme tolice. O velho Miranda falou de novo como seu pai. Por um momento eles deixaram de ser dois adultos, às vezes amigos, às vezes nem tanto, que compartilhavam uma história comum; por um momento eles voltaram àquela idade em que realmente só podiam ser pai e filho, nada mais.

– Por acaso isso importa?

– Para mim, sim.

Andrés se remexeu, desconfortável, tentou gesticular, desamparado, sem conseguir chegar a dizer nada.

– Você sabia desde o início, não é? Desde os primeiros exames.

Andrés não encontrou nenhum som. Sentiu que de repente as palavras o haviam abandonado.

– Eu pedi para você não mentir para mim, Andrés. Foi a única coisa que eu te pedi.

– Eu não menti pra você – sussurrou com dificuldade.

– Claro que não! Você só me escondeu a verdade!

– Se você me deixar explicar...

– E foi para isso toda esta viagem, não foi? – O velho então falou com um sarcasmo amargo, com deboche. – Para me dar a grande notícia!

Então se afastou, com um gesto abrupto, e caminhou em direção a um parapeito que ficava quase na ponta da balsa. Andrés hesitou por um momento. Pressentiu que o pai estava chorando, ou que pelo menos estava tentando sufocar o choro a tempo. Esperou alguns minutos antes de se aproximar. Imaginou que era o melhor a fazer, que o pai precisava daquele tempo para atenuar a raiva, a irritação. Depois, muito lentamente, caminhou em sua direção, tentando não se fazer notar. O pai não se virou, continuou lhe dando as costas. O porto de La Guaira estava cada vez mais próximo.

– Você não teve coragem – ele murmurou, rouco.

– Não.

– Tivemos mil oportunidades. Estávamos juntos nas praias, dormimos no mesmo quarto...

– Não consegui. Toda vez que eu tentava, eu não conseguia.

– Menos agora – assinalou o pai, com um leve ressentimento.

– Não sei o que aconteceu comigo agora. De qualquer forma, não era assim que eu queria lhe contar. Me desculpe.

O pai moveu lentamente o corpo. Quando ele se virou, Andrés descobriu que seus olhos estavam úmidos e que sob aqueles olhos úmidos havia algo próximo à melancolia, mas também ao rancor, um olhar que ainda não tinha uma palavra no dicionário para defini-lo.

– Me desculpe – Andrés sussurrou novamente. Como se pudesse repetir aquelas duas palavras pelo resto da viagem. Como se fossem as únicas duas palavras que tinha à mão, as únicas que lhe restavam.

– Tudo isso – disse o pai, ainda mantendo a distância – me faz pensar que não se trata de uma coisa simples. – Encarou-o, erguendo as sobrancelhas. – Se fosse uma bobagem, não teria sido tão difícil para você, não teríamos feito essa viagem.

– É grave – murmurou Andrés, dolorosamente.

– Me diga outra vez.

Era uma ordem.

– Me diga outra vez. Diga: "é grave". Me conte toda a verdade agora.

Os dois permaneceram em silêncio, olhando um para o outro, fixamente. Quanto tempo eles ficaram assim? Sua memória não lhe revela nada. Ele não lembra. Tem apenas a imagem congelada dos dois, olhando um para o outro, sem dizer nada. Até que uma lágrima ácida corta a imagem, de cima a baixo, rola como se fosse uma faca, rasga a cena. Andrés não se contém. Por mais que pisque insistentemente, ele não consegue: essa é a sua resposta. Como uma criança encurralada, confusa, obrigada a aceitar que não há escolha.

– Me desculpe, papai – ele mal conseguiu murmurar, transtornado.

Javier Miranda olhou para ele, espantado e desnorteado. Parecia estar tremendo, ou tentando controlar um tremor por todo o corpo. Abaixou a cabeça, virou-se e se afastou entre as sombras.

Entraram em silêncio no carro, foram até o porto e pegaram a estrada para Caracas também em silêncio. Em duas ou três ocasiões, Andrés tentou iniciar uma conversa, mas não obteve nenhuma resposta. O pai permaneceu mudo durante todo o trajeto, olhando para a frente. Andrés supôs que a notícia o paralisara, que ele ainda estava digerindo aquela informação tão invasiva quanto um bisturi. Quando eles pararam diante do prédio, Andrés desceu para ajudá-lo a tirar a bagagem do porta-malas do carro. Depois, quis acompanhá-lo até a porta, levando a mala, mas o pai o impediu.

– Obrigado, eu consigo – ele disse, com uma suavidade peculiar.

E seguiu, envolto no mesmo mutismo, em direção à porta. Andrés, tenso, viu-o se afastar. Não aguentou:

– Você preferia não ficar sabendo de nada? – gritou de repente. O pai se deteve, porém não se virou para olhar para ele. Andrés insistiu: – Era melhor eu não te contar?

O velho ficou em silêncio por um instante, como se estivesse ponderando sobre a pergunta, como se a pergunta fosse o caroço de um pêssego sob a sua língua. Depois, arrastadamente, retomou seus passos e entrou no prédio. Sem dizer nada. Sem olhar para trás.

* * *

Por que comigo? Por que eu? Desde aquela noite, Javier Miranda tem repetido as mesmas perguntas. Como se fosse uma questão pessoal, como se estivesse se dirigindo ao departamento de reclamações da natureza e se sentasse ali para falar com o gerente. Por que eu? Por que comigo?, enquanto se submete a novos testes, a novos exames. Por que eu? Por que comigo?, quando o oncologista fala com ele numa linguagem incompreensível. Por que eu? Por que comigo?, no momento de iniciar outra sessão de quimioterapia.

– Como o senhor está se sentindo hoje? – a enfermeira pergunta com um sorriso.

– Preferia ter sido atropelado por um carro.

A partir daquela noite, tudo mudou. Em primeiro lugar, seu ânimo. Não sabe mais como se livrar da depressão que, mais do que o domina, o inunda. Está indignado com a vida, furioso, ressentido; sente-se impotente, saber que não tem saída o deixa apavorado. Finalmente, e da pior maneira, quase aos setenta anos, entende o significado cruel da palavra destino. É isso. Nada mais. Uma seringa. Também mudou sua relação com o filho. Na verdade, mudou sua relação com os outros, com todo o mundo; e isso, claro, inclui Andrés. Já não sabe muito bem como tratá-lo, o que fazer, o que lhe dizer. No fundo, também sente um pouco de vergonha, lamenta o que está acontecendo, gostaria de poupar que os outros vissem esse processo inútil, essa tarefa tão extenuante. Quando os vê, ele invariavelmente abaixa a cabeça. Sabe que a situação também é embaraçosa para eles. Talvez tudo fosse mais fácil se ele se mostrasse alegre, se disfarçasse, se se comportasse como se nada estivesse acontecendo. Talvez isso seria o ideal para todos, ir morrendo discretamente, sem que ninguém notasse, sem que ninguém percebesse.

A mudança mais intensa, no entanto, tem a ver com seu corpo. Javier Miranda sente que o perdeu, que na verdade ele não é mais seu. Nunca tivera essa sensação, nunca sentira tão nitidamente aquele desdobramento que a doença provoca. Agora ele pode sentir com dramática clareza uma separação entre ele e o próprio corpo. Javier Miranda está à parte, habitando uma estrutura danificada, enfiado em uma pele que ele não governa, que não dialoga mais com ele, que tem outro governo, que não lhe responde, que vive para si mesma, para sua própria destruição.

Às vezes, à noite, antes de dormir, sente isso com exasperante nitidez. Está no banheiro, diante do espelho, empunhando a escova de dentes, olhando para si mesmo. É o último ritual do dia. Nem acendeu a luz. Apenas a luz do corredor ilumina tenuemente sua imagem no vidro. É aí que ele a vê. Com tão dolorosa clareza! Pode sentir sua presença em tudo: no cabelo, no brilho dos olhos, na cor da pele... até mesmo na forma da sua cabeça. A doença vai tomando o que parecia impossível: sua própria fisionomia. Numa quarta-feira de madrugada, depois de urinar, enquanto passava em frente ao espelho do banheiro, observou de relance seus ossos, por baixo do rosto, a forma cada vez mais precisa de sua caveira. Como se o espelho fosse uma chapa de raio X.

– Quem vem buscá-lo hoje? – pergunta a enfermeira, enquanto ajuda seu corpo a se sentar em uma cadeira no corredor.

– Minha nora – sussurra Javier Miranda.

– Bem, então vou deixá-lo aqui – diz a mulher. – E o senhor fica esperando aqui, sentadinho, está bem?

O velho apenas assente, com uma expressão triste, com os lábios murchos pendendo até a mandíbula. Os médicos e as enfermeiras também sabem. Não falam com ele, conversam com seu corpo, com esse outro que deve ser tratado como uma criança idiota, com esse ferido que mal consegue parar em pé, que logo desmoronará definitivamente.

Enquanto ele espera, uma freira passa ao seu lado, caminhando pelo corredor. Ela acompanha uma senhora que está indubitavelmente em seus últimos momentos. Talvez ele também esteja assim. A mulher caminha com cuidado, olhando ao redor com receio. Talvez deseje apenas sair dessa tortura, desse horror asséptico. A freira, ao lado dela, usa um longo hábito, que passa roçando o chão, impedindo que seus pés sejam vistos. Por isso que, em vez de andar, ela parece estar flutuando. É uma freira que flutua no corredor do hospital. Tem um crucifixo de madeira pendurado no pescoço. Jesus Cristo conheceu a morte, pensa subitamente o velho Miranda, mas nunca conheceu a doença. Os deuses morrem, não adoecem. Essa é a vantagem deles.

* * *

Logo que começou a estudar medicina, Andrés Miranda entendeu que sua vocação não era pura. De alguma forma, sempre se sentiu incompleto, não tinha a mesma paixão cirúrgica dos outros alunos, estava mais interessado nas lâminas e nos microscópios do que nas sessões práticas, gostava mais das lousas do que dos bisturis. Enquanto seus colegas de estudo se desesperavam, ansiosos, querendo que chegasse logo a hora da prática, Andrés só queria adiar aquele momento. A imagem de estar no meio de uma sala de cirurgia, atendendo a uma emergência, não lhe provocava a menor emoção. Tampouco sentia repulsa, mas obviamente não era a área clínica que mais o empolgava. Sempre achou que era uma tendência pessoal, sentia-se mais atraído pela pesquisa, pela observação e pela análise do que pelo exercício prático da medicina. Muitos anos depois, lendo *O Corpo Ferido*, um dicionário imprescindível escrito por Cristóbal Pera, Andrés finalmente encontrou as palavras que tanto procurava naqueles primeiros anos de universidade: "de acordo com a *linguagem bélica*, tão frequentemente usada como metáfora global da cirurgia, a operação cirúrgica *sangrenta* seria um *ato de violência*, no qual se faz uso da força física para penetrar no espaço anatômico do paciente, submeter o 'inimigo' – a doença concretizada no ferimento –, desarmá-lo e destruí-lo". Aquela definição retratava perfeitamente um espírito, uma atitude interior que Andrés não tinha, que nunca teve. Nunca sentiu um fascínio especial pela possibilidade de *invadir* materialmente outro corpo. Mesmo se fosse necessário, se se tratasse de uma *ação salvadora*, sua vocação médica parecia estar sempre em outro lugar, movida por outros impulsos. "A *violência* cirúrgica gerou a imagem do *poder* do cirurgião sobre o paciente e da entrega deste em um ritual de submissão", acrescenta Cristóbal Pera em seu livro. No entanto, para Andrés, o poder se forjava em outro espaço, no espaço do conhecimento. Assim ele contornou o que, na aparência, poderia ser uma fragilidade. Preferiu o conhecimento dos livros ao conhecimento das mãos.

Ainda se lembra de como os plantões sempre foram as matérias mais complicadas de todo o curso. Entender o funcionamento dos corpos continuava sendo sua maior curiosidade; mas agir sobre os corpos, ao vivo e concretamente, intrometer-se em outra respiração, intervir em outro sangue, invadir outra carne, não era uma parte determinante da sua vocação. Nunca recusou a experiência, mas provavelmente também nunca a apreciou. A ideia de saber que estava diante, em cima, ou dentro de um corpo vivo paralisava um pouco sua própria motivação, suas próprias habilidades. O que o intimidava não eram os corpos, mas a certeza de sentir que tinha uma responsabilidade definitiva em relação a eles. Talvez por isso sempre se sentiu mais à vontade com os cadáveres.

Na época da universidade, eles eram divididos em dois grandes grupos: as *múmias* e os *frescos*. Os nomes eram tão óbvios que nenhuma explicação era necessária. Os cadáveres rígidos, que já tinham algum uso, pertenciam ao primeiro grupo; os recentes entravam na segunda classificação. Ninguém gostava de assistir a uma aula com uma múmia. Era como estar com um boneco, sempre se perdia um pouco a sensação de verossimilhança. O cadáver múmia era como um plástico velho que, com o tempo, até tinha perdido alguns pedaços. Uma múmia podia vir sem dois dedos no pé direito. Uma vez, no corpo rígido de um rapaz, algum engraçadinho enterrou uma bituca de cigarro bem na bochecha. Era o que acontecia com as múmias. As sessões com elas eram propícias ao riso, às piadas infantis, à distância. A carne fresca, por outro lado, inspirava pelo menos um primeiro silêncio, uma estranha intimidade.

Para Andrés, os cadáveres foram um meio-termo perfeito. Estavam no meio-termo entre os livros e a emergência da sala de cirurgia. Não eram a simples ilustração de um texto; tinham volume, presença, eram corpos de verdade e, ao mesmo tempo, porém, não eram completamente de verdade, ou, em todo caso, não eram totalmente de verdade: não tinham calor, pulsação, urgência. Justamente naquela condição irreal da realidade Andrés encontrou seu lugar. Tanto que, mais de uma vez, imaginou que seu destino seriam as autópsias, viu-se quase condenado ao território dos diagnósticos de corpos já sem vida, sem outros sinais além do passado, onde nada pulsa, onde tudo é vestígio. Durante um bom tempo, achou que sua vocação estava mais próxima do "relatório de danos" que do "resgate de vidas". Pertencia àquele grupo, àquele círculo, estava entre os que chegam sempre quando não há mais nada a fazer, quando tudo o que resta é assinar o relatório final.

À medida que ia progredindo na carreira, ele foi tendo clareza de que sua vida profissional estava vinculada à pesquisa ou à docência. A perspectiva de lidar com pacientes diariamente, como rotina de trabalho, cada vez o atraía menos. No fundo, aquilo implicava um risco que ele não sabia se realmente queria correr: o erro. Era diferente cometer um erro num laboratório ou numa sala de cirurgia. Naqueles anos, Andrés começou a se sentir atraído pela figura de André Vesálio. Além do nome, ele partilhava com o famoso médico flamengo a paixão pelo estudo, o fascínio pelo funcionamento do corpo humano. Graças a ele, também aprendeu que a curiosidade é um esporte de alto risco: aproximar-se dos enigmas da medicina pode ser mortal.

André Vesálio nasceu em Bruxelas em 1511. Foi um grande talento e é considerado o precursor da anatomia. Estudou em Paris, foi professor em Leuven, catedrático em Bolonha, trabalhou como médico da corte imperial de Carlos V. Em 1543, publicou sua obra *De Corporis Humani Fabrica Libri Septem*, estudo capital sobre a estrutura do corpo humano que questionava abertamente as teorias de Galeno. A obra era ilustrada por mais de trezentas gravuras que mostravam a anatomia humana como nunca havia sido representada na história da civilização. Desde muito cedo, Vesálio já tinha deixado seu nome gravado na história. Provavelmente poderia ter feito muito mais, porém foi tocado pela tragédia: em 1561, em Madri, um tribunal da Santa Inquisição o condenou à morte.

O talento de Vesálio se nutria em grande parte de seu trabalho de dissecação de cadáveres. Também tinha obtido as licenças e as bênçãos necessárias para realizar esse trabalho. Até onde se sabe, houve uma data fatal, um corpo que traiu a ciência: Vesálio abriu um morto que não estava morto. Sob a pele, debaixo do tórax, um coração continuava batendo. Fragilmente, talvez. Talvez fosse apenas um sopro, o último vestígio de uma vida já prestes a se extinguir. Não havia nada a fazer. Mas de qualquer forma, naquele instante, a ciência se transformou em pecado. Alguns estudos dizem que o corpo pertencia a um nobre próximo à Coroa. Não parece muito provável, mas o que se sabe com certeza é que Filipe II interveio junto à Inquisição, conseguindo salvar a vida de Vesálio. Reza uma lenda que, então, vestiram o médico com um saio e sandálias e, para pagar pelo seu pecado, foi condenado a peregrinar no deserto pelo resto de sua existência. Outra versão da história tem o mesmo talante trágico: André Vesálio pagou pela sua culpa com uma longa procissão até a Terra Santa. Na volta de Jerusalém, o barco em que ele viajava naufragou em circunstâncias misteriosas, arrastando Vesálio para o fundo das águas. Assim, ele pagou por sua curiosidade: devorado pelo deserto ou pelo mar. Submerso no nada.

– Não se deixem arrebatar pela "síndrome de Vesálio" – alertava o professor Armando Coll em mais de uma ocasião. – Não permitam que isso os paralise.

Numa tarde, depois das aulas, Coll foi beber cerveja com os alunos em um local próximo à universidade. Era um restaurante pequeno e imundo chamado A Estrela Chinesa. Os alunos costumavam ir lá porque era o estabelecimento que vendia bebidas alcoólicas pelo menor preço. Eles podiam se embebedar sem pôr em risco o orçamento. O professor Coll pediu uísque. Depois de duas horas, mais confiante e menos sóbrio, ele confessou que também era refém da "síndrome de Vesálio". Era como ele chamava aquilo. Achava a história apavorante. Não entendia como a humanidade tinha castigado daquela forma um de seus gênios mais brilhantes. "Vesálio era quase um Da Vinci", ele afirmava. Andrés Miranda bebeu cada palavra, cheio de espanto e admiração. Antes de se despedir, o professor Coll olhou para eles com melancólica compaixão.

– A única coisa que tudo isso demonstra – ele disse – é que o nascimento da medicina está irremediavelmente ligado ao nascimento da negligência. São duas práticas inseparáveis, estão sempre juntas. Preparem-se.

* * *

No início, ela os contou um a um: chegou até nove. Não conseguiu continuar. Desde a manhã daquela terrível e sucinta mensagem em que Ernesto Durán pedia ajuda, nove dias se passaram sem que ela fizesse nada. Na verdade, ela não podia fazer nada. Não podia telefonar a Durán, nem podia contar ao doutor Miranda o que havia acontecido. Tinha ficado enclausurada sozinha com sua angústia. Depois se passaram outros dias; embora ela não os contasse, sabia que eram muitos. Dias demais. Ernesto Durán nunca mais voltou a escrever. Também não ligou. A cada manhã, no entanto, ela repete o ritual, procura com certa ânsia um e-mail dele na caixa de entrada. Nada. A última notícia que ela tem dele é aquela breve mensagem, aquela emergência com seu número de telefone. Às vezes ela é tomada pela imagem daquele e-mail e pode ver então Ernesto Durán deitado na cama, muito pálido, com a boca entreaberta, respirando com dificuldade. Ele não se barbeia há dias. Seus olhos se erguem muito fragilmente para cima, como se não fossem fortes o suficiente para alcançar o teto. A cama está nojenta. Tem restos de vômito. Mesmo na visão, a imagem choca pelo cheiro de merda e urina que encharca a cena. Também o viu deitado no chão do apartamento. Como se ele tivesse conseguido rastejar alguns metros antes de desmaiar. Está nu. Morreu há dois dias. Sua pele está ficando escura, quase violeta. Está com a boca aberta. Um inseto zumbe e dança, como um urubu minúsculo, sobre a aterradora paz do cadáver.

Ernesto também se infiltrou em suas noites. Às duas da manhã, Karina acorda transtornada pelo susto: em sua realidade onírica, Ernesto Durán está com uma faca com a qual retalha sua artéria femoral. O sangue brota de repente e mancha todo o sonho.

– Se você está tão preocupada, por que não liga para ele? – Adelaide apela ao bom senso enquanto mastiga um palito de cenoura. As duas estão novamente fazendo dieta.

– E o que eu vou dizer a ele?

– Não diga nada. Apenas se certifique de que ele está bem, que está vivo, e pronto. Quer que eu ligue?

Karina nega com a cabeça. Ela mesma já fez aquilo, várias vezes e em diferentes momentos. Ao ver que ele não escrevia, decidiu ligar. Tencionava apenas ouvir sua voz e desligar imediatamente. Não queria mais nada. Precisava apenas ter a segurança de que ele estava são e salvo. Mas ninguém nunca atendeu. O telefone tocava eternamente.

Também cogitou ir encontrá-lo pessoalmente. Procurou o endereço de Durán em seu registro clínico. Ele mora no centro, perto da Avenida Fuerzas Armadas, na esquina com a San Ramón. Podia sair do trabalho um pouco mais cedo algum dia e aparecer por lá, sem grandes pretensões, sem querer ir longe demais. Podia, por exemplo, ficar esperando por um tempo na frente do prédio, na calçada da frente, não muito visível, apenas para ver se Ernesto Durán chegava ou saía de casa, para se certificar de que ele ainda estava vivo.

– Você se sente culpada? – Adelaide lança a pergunta sem anestesia, no fim de uma tarde, quando elas já estão inclinadas sobre o balcão do boteco de sempre. – Porque é o que parece.

– Não. Só que eu fico aflita por não saber o que aconteceu, por não saber nada sobre ele. É só isso. Você também não acha estranho? Ele manda aquela mensagem e depois... nada? Silêncio absoluto, nunca mais volta a aparecer.

– Talvez ele esteja te castigando.

– Eu? Em todo caso, ele está castigando o doutor Miranda.

– Talvez então ele tenha se cansado. Percebeu que o médico nunca vai lhe dar atenção de verdade, que é tudo uma droga, que ele não o leva a sério. Talvez tenha sido o último teste e pronto. Acabou. O cara desapareceu para sempre.

Mas a ansiedade de Karina não se acalma facilmente. Naquela mesma tarde, ela fica no consultório depois do expediente e decide empregar um último recurso. Já está mais desesperada do que temerosa. E por isso se arrisca a escrever uma nova mensagem.

Prezado Ernesto,

Em primeiro lugar, devo me desculpar por ter demorado tanto para responder ao seu último e-mail. Infelizmente, como já tinha lhe avisado, eu estava lidando com um assunto importante fora de Caracas. Por uma circunstância alheia à minha vontade, tive que ir para outro lugar e fiquei vários dias desconectado de meu e-mail. Foi por isso, e só por isso, que me foi impossível atender ao seu pedido de ajuda.

Quando finalmente consegui voltar a me conectar, já era tarde demais. Tenho ligado com certa frequência para o número de telefone que você me enviou, mas ninguém atende. Repito que sinto muito por toda essa situação e que posso entender que você tenha se incomodado ou que, em caso de emergência, tenha procurado a ajuda de outra pessoa em outro lugar. Apenas, por favor, faça-me saber que você está bem e que conseguiu superar satisfatoriamente essa situação.

À espera de sua resposta imediata,

Andrés

* * *

Desde que a doença se instalou entre os dois, a relação tornou-se menos fluida, mais áspera e difícil. Agora eles compõem um triângulo. Há sempre um peso invisível entre os dois. São pai e filho, e mais um, outro, uma terceira força inominável, que nunca os deixa a sós. Passam muito mais tempo juntos, mas essa quantidade de tempo é diferente. Conversam cada vez menos. Os dois sabem, sentem, mas não sabem como se expressar nem o que fazer. Talvez eles até preferissem se separar, sair correndo, não se ver. Mas também não se atrevem a fazer isso. Não suportam que sua despedida seja assim, ainda que não tenham outra escolha. Em mais de um sentido, trata-se de um lugar-comum fatal: eles não têm outro remédio.

Andrés o acompanha às sessões de quimioterapia, tenta ficar com ele em casa depois das quatro da tarde, quando Merny já foi embora. Ela finalmente concordou em ficar no apartamento do pai todos os dias, embora às vezes pareça não querer se envolver muito. Andrés acha que ela só está se protegendo, que não quer que o velho Miranda seja também seu morto. Talvez isso também seja parte do que acontece com todo mundo: a certeza de uma morte próxima gera outras formas de vida.

Os meninos também sabem que algo está acontecendo. Talvez não intuam bem do que se trata, mas sabem. Não é só a palidez do avô, vai além da queda do cabelo ou daquela tristeza frouxa que parece ter se assentado em seus olhos. Por trás do pacto dos adultos, existe algo que nem mesmo a aparência clínica pode esconder. É uma sensação difícil de definir, quase impalpável, mas ao mesmo tempo inconcebível. Está ali. É uma violência administrada, domesticada, mas não por isso submetida, derrotada. Continua sendo uma violência brutal. Diante dos olhos de todos, há uma vida sendo arrasada, arrebatada, sem a menor consideração. Há muita gaze, muita limpeza, muita equipe qualificada..., mas não há nenhuma misericórdia. É um crime com testemunhas demais, um crime legítimo, um crime que ninguém pode deter.

No romance *Na Própria Carne*, de Christa Wolf, uma mulher em um hospital reconhece esta terrível sensação: "Há alguém atentando contra a minha vida". É isso. Ela mesma. Sua própria doença. Andrés não deveria ler esses livros, mas procura por eles, cada vez com mais afinco; talvez ele tente encontrar nessas páginas o que não pode resolver no hospital, nem no apartamento, nem no cinema, nem nos almoços de domingo com a família. Em algumas noites ele lê até o amanhecer. Andrés fechou o consultório por um mês.

– Estou de férias – ele disse.

Entretanto, isso não é suficiente. Toda vez que está a sós com o pai, não sabe o que dizer, não sabe como olhar para ele. Javier Miranda parece sentir o mesmo. Ele também não diz nada. Olha para o chão ou murmura algo brevemente, diz que está cansado e dorme ou finge que está dormindo. Andrés fica ao lado dele, em silêncio. Isso lhe parece cruel, absurdo. Se é justamente isso o que espera por eles quando acontecer. Silêncio. Se esse é o único destino que eles terão. Silêncio. Se é justamente o que eles tanto temem e os fere tanto. Silêncio.

Será que ele imagina a sua morte? Será que o velho Miranda está pensando nisso o tempo todo, na situação exata, no momento preciso em que sua existência acabará? Quando Andrés pensa em sua morte, tem mais medos do que certezas. Há uma imagem recorrente que o perturba: ele está com amigos em um restaurante. Todos comem, bebem, conversam. De repente, ele tem um infarto fulminante. Sem aviso. Sem ardor no estômago, sem sinais no braço esquerdo. É como um tiro, como uma bala que nunca sai do corpo, que fica lá dentro, que o derruba em meio segundo. Isso é a última coisa que Andrés vê: alguns copos, um cinzeiro, uma cesta com restos de pão... É sua última paisagem fixa enquanto seu rosto desaba a toda a velocidade sobre a mesa.

Mas o velho Javier Miranda com certeza nunca sonhou com sua morte da forma como ela se apresenta agora. A doença é um equívoco, um horror burocrático da natureza, uma falta absoluta de eficiência. Todo mundo deseja uma morte mais eficaz, que dure um segundo, que seja tão surpreendente quanto letal. É um desejo profundo, faz parte da condição humana. É quase uma utopia: morrer de repente.

Seu pai, ao contrário, evita pensar. Resiste, move a imaginação ou a memória a cada vez que sente que esses pensamentos se aproximam, tentando encurralá-los. No início, logo depois de chegar da Ilha de Margarita, começou a fazer coisas inexplicáveis. Caminhava todas as manhãs até a banca de jornal que ficava a três quadras de sua casa, comprava um maço de cigarros e, no caminho de volta, partia ao meio, um por um, cada cigarro. Passou uma semana e meia cumprindo aquela rotina, todas as manhãs.

Também começou a comprar coisas de que não precisava. Num sábado, foi ao mercado chinês e comprou vários potes de diferentes molhos, brotos de soja e outros legumes que depois jogou no lixo. Numa tarde, foi até o edifício onde trabalhou durante trinta e oito anos. Ficou de pé diante da porta, meio atordoado, observando. Viu a si mesmo entrando ali, todos os dias, durante tanto tempo. Viu-se em diferentes ternos, o cinza-claro, o marrom que comprou em certo dezembro, o azul com lapela longa, e com diferentes gravatas. Era um filme que repetia infinitamente a mesma cena, que só mostrava aquela breve situação. Ao longo de trinta e oito anos, Javier Miranda trabalhou como administrador na indústria petrolífera.

Inicialmente, quando as empresas estadunidenses ainda estavam lá, depois com a nacionalização, mas sempre no mesmo edifício. Foi aposentado aos sessenta e cinco anos, ele e toda a sua geração. Não sabe quanto tempo ficou ali. Pensou em entrar, em subir até o oitavo andar, mas depois ficou com medo. Provavelmente não conheceria mais ninguém, e também ninguém ali saberia quem era ele. Voltou para casa a pé. Ficou andando por horas.

Seus hábitos também mudaram. Deixou de assistir à televisão. Até os jogos de beisebol deixaram de atrair sua atenção. Mas às vezes também podia passar horas em silêncio, diante da tela desligada, olhando para o nada, olhando para o tênue reflexo de seu corpo no vidro opaco e sem vida do televisor. Mesmo naqueles momentos, o velho Miranda queria não pensar, queria se sentir meio cochilando, deixar-se levar por uma letargia, ficar assim, no nada. Contudo, isso não é possível. Mais cedo ou mais tarde, a corrida se torna insustentável, a fuga fracassa. Como você gostaria de morrer? Agora ele acha que todos nós deveríamos ter o direito de responder a essa pergunta.

Naquela tarde, enquanto o velho dorme, de repente o telefone toca. Andrés atende, mas a chamada foi então desligada rapidamente. Quando a situação se repete da mesma forma e com o mesmo resultado, Andrés conclui que não se trata de uma coincidência. Quem está ligando não quer falar com ele. Ele fica desconfiado. O aparelho não tem identificador de chamadas, portanto Andrés não pode descobrir o número de onde telefonaram. Quem poderia ter ligado? Alguém que não quer falar com ele. Por quê?

Uma semana depois, a mesma coisa acontece. O pai está tomando banho. Está a cada dia mais fraco, mas ainda resiste a ser auxiliado por Andrés. Também tem vergonha de que o filho o veja nu, "como um frango molhado", ele diz. O telefone toca, Andrés atende, diz alô e imediatamente desligam. A mesma coisa acontece outra vez. Mas agora Andrés pega o telefone e fica em silêncio. Quase sente, do outro lado, uma hesitação envolta numa respiração. Talvez sejam apenas alguns segundos, mas ele os manuseia, os apalpa. Até que de repente:

– É você?

A surpresa o paralisa. A voz da mulher o deixa desarmado, sem saber o que dizer. Imediatamente, ela encerra a chamada. Do outro lado da linha, só se ouve a batida seca do telefone.

– Quem ligou? – o pai pergunta, do banheiro.

Andrés hesita antes de responder. Depois fala com um pouco de ênfase, como quisesse sondá-lo.

– Não sei. Quando ouviram minha voz, desligaram.

– Deve ter sido engano – murmura o velho, depois de uma pausa, sem muita convicção.

Andrés transforma esse detalhe, que poderia muito bem ser insignificante, num enigma que ele obsessivamente deseja resolver. Mariana até zomba levemente de sua atitude. Talvez esse mistério seja apenas uma simples coincidência, uma irrelevância da vida diária do pai. Mas para Andrés nada é mais como antes. Pelo menos, é o que ele acha. De repente, sente que nunca prestou atenção à intimidade do pai. Nunca soube de namorada, parceira, nem mesmo de uma aventura passageira do velho Miranda. Também nunca esteve muito interessado ou preocupado com isso. Mas, agora, aquela voz de mulher no telefone se torna uma curiosidade: ela provoca uma série de perguntas que Andrés nunca havia feito a si mesmo, uma parte da vida de seu pai que ele desconhece completamente. Javier Miranda nunca voltou a se casar, é verdade. Dedicou-se em tempo integral a educar o filho e depois, quando Andrés se casou, continuou trabalhando, cultivando uma rotina que parecia não contemplar o amor nem o sexo.

– Seu pai também tem direito a uma vida privada – diz Mariana. – Talvez tenha tido namoradas, mas nunca quis que você soubesse. Você não precisa saber de tudo.

Mas Andrés quer, sim, saber de tudo. Ele deixa o pai com Merny no hospital, para mais uma sessão de quimioterapia, e vai imediatamente para o apartamento. Quer bisbilhotar, fuçar, procurar. Como se fosse um detetive particular. O quarto de Javier Miranda é bastante austero. Não tem detalhes. Uma cama de casal coberta com lençóis azuis, dois travesseiros, uma mesa de cabeceira de madeira sobre a qual há apenas uma luminária, um livro e o controle remoto do televisor. Quem lhe deu o livro foi o próprio Andrés, há algumas semanas. São as memórias de um jornalista de Caracas, crônicas jocosas, com certa nostalgia naturalista. Foi a única sugestão de leitura que ocorreu a Andrés e Mariana.

Cortinas cinza acompanham as janelas. O armário é espaçoso, tem duas portas largas. Andrés as abre suavemente, como se não quisesse fazer barulho. Há uma estante onde estão alguns objetos: três porta-retratos. Um com uma foto de sua mãe, outro com uma foto de Andrés e o pai, agachados numa praia; o terceiro tem Andrés, Mariana e os netos. As roupas penduradas estão perfeitas, imóveis. Andrés abre as gavetas, dá uma olhada rápida. Nesse instante se sente indecoroso, arrepende-se. É um pouco ridículo estar ali, às escondidas, remexendo em objetos, erguendo as roupas íntimas do pai, separando camisas... O que ele realmente está procurando? O que sinceramente gostaria de encontrar? Será possível encontrar uma vida que talvez já esteja perdida para os dois?

Na gaveta da mesa de cabeceira ele encontra um envelope com várias cartas. Volta a se sentir indecoroso, desonesto, mas já foi longe demais, de nada adianta voltar atrás. São cartas breves, sem assinatura, mas com letra de mulher. É o que Andrés supõe. É evidente, assim ele acha, que se trata de uma caligrafia feminina. Além disso, o texto a delata. Parecem breves declarações de amor, deixadas de passagem numa caixa de correio ou jogadas às pressas por debaixo da porta. Sem data, sem nomes, sem detalhes concretos. Tudo soa inevitavelmente como um relacionamento clandestino, que deve ser mantido em segredo. Uma, sobretudo, chama a sua atenção: está escrita na parte de trás de metade de uma conta de lavanderia. Apenas duas linhas: "Passei aqui no meio da tarde. Queria te fazer uma surpresa. Precisava de um beijo. Precisava de você".

Na gaveta há também outro livro: *Morrer com Dignidade*, de Hans Küng e Walter Jens. Andrés não pode deixar de sentir um leve tremor. De onde seu pai terá tirado esse livro? O canto superior direito da página 35 está dobrado. O pai deve ter ido até aí em sua leitura. Talvez tenha parado nessa mesma página na noite passada. Andrés lê o intertítulo: *"A eutanásia discutida:*

a morte misericordiosa". Ele fecha o livro, fecha a gaveta. Se o pai o escondeu ali, obviamente não quer que mais ninguém o veja. Mais ninguém é Andrés.

* * *

O velho e Merny fizeram um pacto. Melhor dizendo, ele impôs um pacto a ela. Foi numa tarde depois de uma crise, quando os dois estavam sozinhos no apartamento. O velho estava tolerando muito mal a quimioterapia. As sessões anteriores tinham sido terríveis, ele se sentia péssimo, sua pressão sanguínea caía, ele sofria com tonturas e náuseas; tomava doses de fenitoína para evitar possíveis convulsões. Havia tido uma sessão naquela manhã, logo cedo. Na hora do almoço, Merny tinha preparado o que a nutricionista recomendara. O velho comeu com relutância, resmungando, reclamando.

– Esta comida não tem gosto de nada – ele disse.

Merny não respondeu. Ela também não estava num bom dia. Willmer não dormira em casa na noite anterior. Não tinha vindo dormir. Fazia algum tempo que ela o achava estranho, sabia que algo estava acontecendo. Na rua, disseram-lhe que o filho estava andando em má companhia, que o tinham visto com rapazes de outro bairro.

– Nada que preste – diz Merny.

Nada que preste significa bazuco, armas, policiais, presídios ou cemitérios. Willmer apareceu às seis da manhã. Merny queria lhe dar uma surra, mas não teve coragem. Nem Jofre: ele não é o pai. O rapaz foi direto para o quarto dos fundos, não disse nada, parecia drogado. Merny foi trabalhar, porque precisa trabalhar, porque não pode faltar no emprego, porque agora mais do que nunca ela precisa de dinheiro para tirar Willmer do bairro. Essa é a única solução. Mandá-lo para longe. Com os avós, no campo. É o que ela pensa. Só assim ele se salvará.

O velho pula da cama e corre gritando em direção ao banheiro. Mal tem tempo para ficar de joelhos, ao lado da privada, mas é tarde demais, já vomitou tudo no caminho. O corredor e o piso do banheiro estão um horror. Até na pia há restos do almoço misturados com outros líquidos, com salivas e babas, com os restos do próprio corpo de Javier Miranda. O velho permanece afundado na porcelana, tentando aguentar os arquejos. Ele ruge surdamente. Tudo que o corpo expulsa fede. Dá nojo. Vergonha. São restos nojentos que ninguém quer ver, que é preciso limpar rapidamente, que é preciso encobrir, que é preciso apagar o mais rápido possível. É por isso que Merny está aqui.

Mas Merny também entra em crise. Ela vomita sua existência de outra forma. Explode. Grita. Não quer fazer nada. Arranca o avental e o joga para cima. Não pode evitar. Já estava quase indo embora, já tinha limpado tudo. Ela tem sua própria sujeira, lá na sua casa, longe, em outro mundo. Não quer se incumbir de mais nada. Por um momento, a cena é incompreensível. O velho agarrado à privada, tossindo, gemendo, e Merny muito perto, de pé, batendo na parede com o punho, gritando, chorando. Eles permaneceram assim por um tempo, como dois corpos que furiosamente se agitam e protestam; até que foram lentamente se acalmando, sem se olhar, sem se tocar, cada um do seu lado, amansando os próprios arquejos.

Limparam tudo juntos. Tiveram que embeber de cloro o piso e os azulejos. O fedor tinha invadido o apartamento. Era como uma segunda pele que se tatuara em cada objeto. O apartamento parecia o ventre de um animal infectado. O velho, então, convidou-a para sair, para beber alguma coisa fora dali. Merny recusou, constrangida, dizendo ainda que precisava voltar imediatamente para casa. O velho a obrigou. Foram a um café ali perto. Ela não quis pedir nada. Ele pediu dois cafés. Um para cada um. Quando finalmente conseguiram falar, a primeira coisa que Merny fez foi pedir desculpas. O velho teve dificuldade em convencê-la de que não era necessário. Foi ainda mais difícil finalmente desabafar e lhe contar tudo o que estava acontecendo com ele. Naquela tarde eles firmaram o pacto. Javier Miranda ofereceu-lhe todo o dinheiro necessário para enviar Willmer a Los Andes, onde a irmã de Merny morava. Em troca, eles estabeleceram uma cumplicidade entre os dois, às escondidas de Andrés.

– Chega de dieta, por exemplo. Nunca mais quero comer essa porcaria de frango grelhado sem sal. Quero azeite, quero manteiga, quero doces.

– Mas o doutor Andrés diz que...

– Não importa o que meu filho diz. Veja, Merny, olhe para mim. Você acha que eu não sei que vou morrer?

– Todos nós vamos morrer, senhor Javier – ela disse, abaixando a voz e olhando para o outro lado.

– Sim, todos nós. Mas eu vou morrer primeiro. Eu já estou morrendo.

* * *

A lavanderia se chama De Luxe. O nome foi a única coisa que se salvou no pedaço da conta que Andrés encontrou no quarto do pai. Bastou depois ligar para o serviço de informações e obter o número de telefone do local, ligar e pedir o endereço. Agora Andrés está naquela rua, parado em frente ao local. Passou dias ruminando sobre aquela voz de mulher. Com o velho Miranda, em pelo menos duas ocasiões, tentou iniciar uma conversa sobre o amor, sobre a vida em casal. Uma vez até chegou a sondar a intimidade do pai.

– Tudo bem que você não se casou outra vez, mas você nunca teve um caso ou uma aventura?

– Nunca fui um homem de aventuras – respondeu vagamente o velho Miranda.

– Nem uma noite com uma puta? O que você fez todos esses anos com sua vida sexual, pai?

Nada. Javier Miranda apenas esboçou um sorriso que era quase uma ingenuidade, um gesto fácil, pouco elaborado, e não disse mais nada. Com o passar dos dias, a voz daquela mulher no telefone foi devorando Andrés. Ele começou a ouvi-la muitas vezes, tropeçando frequentemente naquele som. Era a única pista de que dispunha. Aquela voz.

E uma lavanderia.

Tinha empreendido a investigação de modo infantil, sem lhe dar muita importância, mas agora que está diante da porta da lavanderia ele não pode deixar de sentir novamente um pouco de desconforto. Pensou em tudo, mas não sabe como executar seu plano. A conta tem uma cifra em vermelho no canto esquerdo. Deve ser o número de controle da operação em andamento. Isso deve ser mais do que suficiente para localizar a mulher que ele está procurando. A única coisa que ele precisa fazer é inventar um enredo, executá-lo rapidamente e obter assim o que tanto procura. Esse é o próximo passo. Por exemplo: Andrés entra olhando para todos os lados, com um semblante perdido, frágil.

– Bom dia – ele poderia dizer, enquanto sorri timidamente e se aproxima da moça que está ao lado da caixa registradora.

– Bom dia.

– Veja, senhorita... Estou com um problema. – Andrés exploraria as reticências, balbuciaria, tentaria atordoar a funcionária. Encheria a moça de palavras, de histórias sem fim, provocando uma confusão aflitiva. – E tudo o que eu tenho é isso – finalizaria dizendo, enquanto lhe mostrava a sua metade da conta. – Você poderia me ajudar?

Outra possibilidade seria Andrés entrar no local, dirigir-se à moça e propor um suborno. Outra ainda seria que, sem muitos preâmbulos, sem pudores, sem se furtar à breguice, optasse pela sinceridade e acabasse contando as próprias misérias, a intimidade secreta do pai e aquele enigma com voz de mulher que o trouxera até aquele lugar com cheiro de lavanda e de vapor d'água. De uma forma ou de outra, Andrés sai da lavanderia com um endereço e um número de telefone. O nome dela é Inês. Inês Pacheco.

Uma vez, quando era adolescente, seguira o pai. Tinha quinze anos. Ninguém escapa dessa idade. Não lembra por quê, não tem pistas, explicações. A memória lhe oferece apenas um sentimento, algo parecido ao rancor, uma dor agressiva, pungente. Andrés está agachado, sob o pôr do sol, espiando. Esconde-se atrás de uma caminhonete carregada de caixas com vários legumes. Há cenoura, aipo, abobrinha; duas caixas cheias de cebola-roxa. Na caixa do fundo despontam apenas os dedos verdes de alguns alhos-porós. Seu olhar cruza essa paisagem, atravessa o vidro do carro e finalmente alcança a outra calçada. O pai chegou até ali. Conversa com dois homens. Andrés está um pouco decepcionado. Alentava a fantasia de que o pai estava se encontrando escondido com outra mulher, que tinha finalmente suprido a lembrança da mãe.

Esperou pacientemente perto do prédio da companhia petrolífera onde seu pai trabalhava e o seguiu. Como nos filmes. A alguns metros de distância, do outro lado da calçada, evitando ser descoberto. O pai foi tomar café com seus amigos de sempre. E depois se dirigiu àquele beco. O pai tira da carteira algumas notas e as oferece aos dois homens. Eles se olham. Não parecem estar satisfeitos. Um dos dois, o mais alto, nega com a cabeça. Os três discutem brevemente. Andrés está cada vez mais tenso. Teme que algo aconteça. De repente, sem aviso, um dos homens dá um soco no estômago de seu pai. É um golpe seco. Javier Miranda se curva, esvaziando-se. O outro homem, quase no mesmo movimento, como se os dois estivessem sincronizados, levanta o joelho rapidamente, acertando-o no rosto de Javier Miranda. Andrés está paralisado. Não sabe o que fazer. Queria fazer muitas coisas ao mesmo tempo. Queria correr e bater naqueles sujeitos, queria correr para longe dali, queria gritar, pedir ajuda, queria nunca ter seguido seu pai. Os dois homens pegam a carteira e o relógio do seu pai e se afastam, apressados. Andrés continua ali, parado, congelado atrás da caminhonete, enquanto o pai se levanta com dificuldade, reclama, limpa o sangue da boca. Nem naquele momento Andrés tem coragem de se aproximar para ajudá-lo. É maior o medo de se delatar, de revelar que o estava seguindo, de revelar por que o estava seguindo. Seu pai se afasta, mancando. Em sua memória, Andrés está com os olhos vermelhos. A lembrança tem cheiro de cebola-roxa.

Naquela noite, o pai voltou tarde. Andrés fingiu que estava dormindo. Na manhã seguinte, ele contou uma história boba sobre um tropeção e uma porta no escritório. Assim explicou os machucados na sobrancelha e na boca. Nunca mais falaram sobre aquilo.

No entanto, Andrés voltou a se lembrar do ocorrido, justamente agora, quando está no quarto andar de um pequeno edifício localizado na parte antiga de Chacao. Está diante da porta do apartamento 4C. Também acabou de tocar a campainha. Depois de alguns instantes, ele ouve ou acha que ouve alguns passos. Quase poderia jurar que é o som de umas sandálias que se aproximam. A porta se abre suavemente e lá está ela. É o que Andrés supõe. Esta deve ser Inês. É uma mulher que deve ter uns sessenta anos. Foi muito bonita e ainda conserva aquela elegância das mulheres que um dia já foram muito bonitas. Tem o cabelo preto, muito preto, brilhante. Ela o fita sem dizer nada, sem manifestar espanto. Apenas espera.

– Boa tarde, a senhora é Inês Pacheco?

– Sou – diz a mulher.

O que se segue é um silêncio. Porque Andrés não sabe muito bem como continuar. Acabou o roteiro, ele de repente descobre que não sabe o que dizer, suspenso na cena e temendo cair abruptamente no vazio. A mulher continua a olhar para ele, cada vez mais surpresa, à espera.

– A senhora não me conhece? – pergunta Andrés, perplexo, depois de uma pausa. – A senhora não sabe quem sou eu?

A mulher o observa com mais atenção. Como se tentasse localizar dentro de si mesma o rosto de Andrés.

– Não – responde finalmente com absoluta naturalidade.

– Eu sou Andrés, filho de Javier Miranda.

Só então a mulher reage, parece se contrair suavemente. Como se por um instante tivesse rangido por dentro. Mas não diz nada, não o convida a entrar. Fica em silêncio, olhando para ele. Andrés só a observa, ansioso.

– Acho que há algum engano – ela diz finalmente. O tom de sua voz é cálido, mas ela articula cada palavra de modo muito exato, preciso. – Não sei de quem o senhor está falando.

E não permite que Andrés acrescente mais nada, não lhe dá chance para nenhuma outra reação. Fecha a porta suavemente. Andrés fica alguns segundos em silêncio, perplexo.

Depois ouve, ou acha que ouve, o som de umas sandálias que se aproximam e se afastam outra vez.

* * *

A situação está cada vez pior. Agora Karina chega ao consultório às seis e meia da manhã, quando os funcionários da limpeza estão começando o trabalho, quando a sujeira e as sombras ainda fazem parte da própria alvorada. Deixa o consultório às oito, duas horas depois de terminar sua jornada de trabalho. Embora o doutor Miranda tenha recomendado que ela também tirasse férias, Karina recusou. Vê as horas passarem pela tela do computador, sempre aguardando que o inesperado aconteça, que apareça de repente uma nova mensagem.

– Você está ficando louca – sentencia Adelaide.

"O tifo é menos contagioso que a histeria", escreveu Joseph Roth. Adelaide não sabe disso, ela nunca leu nem nunca lerá Joseph Roth, mas pensa mais ou menos a mesma coisa.

– Olhe como você está! – ela exclama. – Olhe como esse cara a deixou! Esse filho da puta te passou a doença dele!

– A culpa é sua. – Karina tenta se defender, sem muita convicção. – Foi você que me convenceu a começar a escrever para ele!

– Isso não tem nada a ver! Não venha me culpar por essa besteira! Você se envenenou sozinha com esse maluco!

Essa é a palavra certa? Ela está realmente assim, envenenada? Karina se pergunta a mesma coisa várias vezes por dia. Não tem a ver apenas com a atitude que desenvolveu com a ausência de Ernesto Durán: há algo pior, algo que ela nem sequer ousou dizer a Adelaide, algo que ela talvez nem possa pronunciar.

Aconteceu pela primeira vez há duas quartas-feiras. No caminho para casa, Karina para em uma videolocadora. Imagina que talvez um filme a ajude a lutar contra a insônia que ultimamente a ronda com excessiva insistência. Ela entra no local às sete horas da noite, o lugar está lotado e Karina supõe que não encontrará nenhum lançamento disponível. Sem procurar demais, ela se dirige às prateleiras que anunciam filmes de comédia. Talvez seja apenas disso que ela precise para se distrair, para pegar no sono. Mas à medida que vai avançando lentamente pelo corredor estreito, deixando seus olhos vagarem pelos títulos dos filmes, ela de repente começa a se sentir nervosa, estranhamente nervosa. Não é algo que possa descrever com clareza. De repente, todo o lugar lhe parece excessivamente pequeno; de repente, ela começa a sentir que está cercada por gente demais, que não pode se mover com nenhuma liberdade, que lhe falta ar. Sente-se sacudida por um leve tremor interno. É quase um pulso elétrico, algo fraco; uma pontada em um nervo distante. Karina começa a ouvir as vozes dos outros clientes a diferentes distâncias e volumes, quase acredita que eles se movem em círculo ao seu redor, ou que dançam suspensos sob o teto opressivo do lugar. Sente-se instável. Sua pálpebra esquerda treme. Como se tivesse vida própria. Como se fosse independente. Também sente frio nas têmporas. Sua saliva é uma areia difícil de engolir. Não pode deixar de se lembrar novamente de Ernesto Durán. Agarra, com um gesto abrupto, o filme, o primeiro que encontra, que tem à mão, e caminha rapidamente em direção à fila em frente ao caixa.

Há três pessoas na sua frente. Karina não pode acreditar que isso está acontecendo com ela. Tenta se acalmar, respira fundo, aperta os punhos, crava as unhas nas palmas das mãos, como se quisesse se ferir, como se a dor fosse um método para não perder o controle. É inevitável que o mesmo medo, já lido tantas vezes, aflore. Não está prestes a perder a consciência? Não pode desmaiar naquele instante? Para disfarçar, ela se agacha, fingindo que examina um detalhe em seus sapatos. Assim, apoia o joelho no chão e ganha segurança, fica mais firme, fortalece seu equilíbrio. Não é um procedimento que ela acaba de inventar. Leu sobre ele em uma mensagem. Ernesto Durán uma vez lhe contou uma história semelhante ocorrida na fila de um caixa eletrônico. Mas o resto dos clientes da locadora não sabe, não conhece a história. Nem sempre se vê uma mulher se ajoelhando para inspecionar os sapatos, a todo momento, enquanto espera que a fila avance. Karina percebe isso também. Mas não pode evitar. A cada vez que se levanta, ela ensaia um sorriso casual, um gesto, uma explicação inútil. Mas logo a sensação de fragilidade volta a arrebatá-la. O suor é cada vez mais intenso. Ela sente que está hiperventilando, que uma fraqueza amarela a invade, que a falta de oxigênio já é inevitável. Há apenas uma pessoa na sua frente. Olhar para fora, pela porta de vidro, é a única coisa que lhe proporciona uma mínima tranquilidade. Ainda assim, é inútil. O que vem a seguir é uma coceira feroz na garganta. Karina começa a coçar o pescoço. Teme que seja uma alergia, embora não possa deixar de relacionar tudo com o sufocamento que não a deixou em paz por um segundo. Ela se move sobre si mesma, sem sair do lugar; estica os braços, tentando expandir os pulmões, aspira profundamente pelo nariz, pela boca, apoia a mão na prateleira de doces que fica ao lado do balcão, inclina-se novamente, examina o sapato, volta a se levantar, seca com a mão o suor da bochecha, olha de relance como as outras pessoas que esperam atrás dela na fila a estão observando... Não aguenta mais. Desajeitadamente e com gestos apressados, ela deixa o filme em cima de umas barras de chocolate e, com largas passadas, abandona o lugar. Dá alguns passos, arfando, até alcançar as escadas do pequeno centro comercial. Ela sentou ali, sem se importar com mais nada, sem pensar sequer nas pessoas que passavam apressadas, cruzando as pernas ao lado dela.

Não sabe por quanto tempo ficou assim. Lembra-se apenas da sensação de ter se salvado. Por um fio, no último segundo. Era disso que Ernesto Durán sofria? Era assim que ele se sentia? Será que ela tinha sido infectada, será que agora também tinha a sua doença?

* * *

Andrés observa a última tomografia. Trouxe os resultados para casa e está sentado na cama, levantando a placa para que a luz da janela lhe permita ver o cérebro de seu pai. A imagem azulada mostra as manchas com uma precisão que agora lhe parece insuportável. O mistério sempre torna a morte um pouco mais suportável. Tanta precisão científica é intolerável. Para que isso serve? A quem ajuda?

De repente, ele sente que sua mão pesa, que é difícil segurar esse retrato no ar. Quantas placas como essa ele já viu? Muitas. Quantas vezes se deparou com imagens tão definitivas? Há muito tempo já perdeu a conta. Com o tempo, só contam as pessoas salvas, as exceções. Os mortos têm seu próprio cômputo separado, contam-se sozinhos. Talvez agora ele se lembre daquele romance de Louis Ferdinand Céline em que um médico "descrevia a doença como se descreve o rosto de um velho conhecido". Isso é o que pesa sobre Andrés agora. Essa longuíssima relação com a doença. Talvez já tenha visto morrer gente demais.

Certa vez ele sonhou que todos os seus mortos se reuniam, que se associavam em uma espécie de clube: os pacientes perdidos do doutor Andrés Miranda. Não gosta do termo perder. Considera-o injusto. Talvez porque no fundo ele saiba que, mais cedo ou mais tarde, os médicos sempre perdem. Nunca terão uma boa média. A derrota é o seu destino. Naquele sonho, seus pacientes apareciam ainda doentes, como se o tempo os tivesse congelado naquele trânsito da vida. Embora estivessem pálidos, mais para o cinza, permaneciam quase idênticos às últimas imagens que ele guardava deles. O senhor Agustín Mejías caminhava com dificuldade, arrastando um andador do qual pendia uma bolsa de soro. A senhora Arreaza estava numa cadeira de rodas. Tomás Hernández ainda estava com a cabeça enrolada em um curativo. Silvina Rossini cobria a cabeça careca com um lenço estampado e tossia ruidosamente.

O velho Pimentel deitado em uma maca, nu, com o olhar perdido e os lábios ressecados. Todos estavam muito parecidos com a última vez que os vira. Seu inconsciente não tinha ido mais longe, tinha se contentado com as primeiras imagens em que tinha tropeçado. No sonho, nenhum de seus pacientes olhava para ele. Estavam apenas andando por aí; às vezes, cumprimentavam-se brevemente entre eles, mas nunca se viravam para vê-lo, agiam como se Andrés não estivesse lá. Da próxima vez que tiver esse sonho, ele pensa, talvez seu pai já esteja lá. Talvez ele também passe batido, sem reparar no filho, sem olhar para ele.

Mariana o encontra deitado na cama, ao lado das placas. É sábado, cinco da tarde.

– Está tudo bem?

Andrés não responde. Seus olhos estão fechados, mas é óbvio que não está dormindo. Mariana se aproxima, senta-se ao lado dele, põe a mão no seu cabelo, massageia suavemente sua cabeça.

– Vamos ao cinema com os meninos – ela diz.

Andrés solta um gemido leve; move o rosto devagar, negando.

– Faz quase três semanas que você não dá atenção a eles. Eles sabem que você está cuidando do avô, mas, de qualquer forma, sentem a sua falta. Estão com saudade de você – acrescenta com uma leve ênfase.

Andrés abre os olhos.

Quando o velho Miranda e Mariana se conheceram, estavam nus. Fazia um mês que Andrés e Mariana estavam namorando. Aproveitando um fim de semana em que o pai tinha ido a Barquisimeto com uns amigos, Andrés a convidou para dormir no apartamento. Eles cozinharam juntos um arroz à marinheiro – o polvo ficou duro e pegajoso, puseram açafrão demais –, beberam vinho branco, fizeram amor até o amanhecer. No domingo de manhã, tomaram banho juntos. Estavam ali, debaixo do chuveiro, abraçados, se beijando, quando ouviram o ruído da porta.

– Andrés – o pai gritou –, você está aqui?

Eram onze da manhã. O som da água batendo no piso do banheiro ocupou todo o apartamento, como se milhares de agulhas estivessem se suicidando contra o chão. Mariana se refugiou instintivamente num abraço, buscando proteção. Andrés dobrou o plástico da cortina do banheiro enquanto pensava rapidamente no que fazer. Não teve muito tempo. O pai já estava no banheiro.

– Não me ouviu?

– Ouvi, sim, claro... Mas fiquei surpreso. – Andrés tenta soar natural, aperta Mariana contra si. – Você não ia chegar à noite?

– Deu tudo errado. Ontem, um pouco antes de chegarmos a Chivacoa, o eixo dianteiro do carro em que estávamos quebrou. Perdemos a tarde e tivemos que dormir em Urachiche. Por isso voltamos hoje cedo.

Então Mariana e Andrés ouviram o clássico jorro de urina caindo dentro da privada. O pai estava mijando ao lado deles. Andrés o imaginou com as calças arriadas até os tornozelos, mirando na água; Mariana não conseguiu segurar uma risada nervosa. Foi um barulho estranho, como uma faísca arrastada, um ponto de exclamação que se afogava no meio do caminho. Andrés a apertou fortemente, mas era tarde demais. O velho Miranda, curioso e preocupado, abriu a cortina com um puxão. Estava assim mesmo, com a roupa amontoada nos tornozelos, nu da cintura para baixo, olhando atônito para Mariana, também nua, agarrada ao corpo de Andrés.

– Oi, pai – ele disse, oferecendo o esboço de um sorriso.

O pai saiu e só voltou depois de duas horas. Chegou com uma pizza e agiu com absoluta naturalidade, como se a cena do banheiro nunca tivesse acontecido. Mesmo quando Andrés tentou falar sobre o ocorrido, ele mudou de assunto rapidamente. Duas semanas depois, quando ele o apresentou formalmente a Mariana, o pai estendeu a mão e a cumprimentou com uma breve expressão de malícia. Mais nada.

– No que você está pensando? – indaga Mariana.

Andrés demora a responder. Há muito tempo, ele sente que também sua memória faz parte de uma nova intimidade, de um espaço que ele não sabe como compartilhar. Agora lembra até de outra forma, com mais detalhes, resgatando outras sensações; sente que o passado se tornou um corpo excessivamente vivo.

– No que você está pensando? – Mariana insiste.

– Em Inês Pacheco – responde Andrés.

Também é verdade que não conseguiu apagá-la da mente. Ou talvez ela seja apenas parte daquele passado que ele não conhecia, que estava extraviado, e que agora, de repente, aparece de forma contundente e obsessiva. A senhora

Pacheco mudou-se para a sua cabeça. Ela mora lá agora. Passaram-se vários dias e o pai ainda não reagiu. Ele não entende por quê. Supõe que ela deve ter lhe contado, que deve ter ligado para ele imediatamente. Seu filho veio me ver há pouco, ela poderia ter-lhe dito. Por que, então, o pai guarda silêncio? Por que nunca lhe falou dessa mulher? Andrés não pode deixar de se sentir magoado. Justamente nesse momento, nessas circunstâncias, ele começa a sentir que seu pai também é um desconhecido.

– Talvez eles não se vejam mais – diz Mariana. – Talvez nem sejam amigos – acrescenta, após uma pausa. – Talvez até se odeiem.

– Você está esquecendo que há duas semanas ela ligou para o apartamento dele. Eu mesmo atendi – diz Andrés.

– Você acha que ela ligou. Mas na verdade você não sabe. Você está bancando o detetive, mas também pode estar enganado. Essa mulher que ligou para o seu pai não tem por que ser Inês Pacheco.

– Tudo bem – Andrés admite –, você tem razão. Mas Inês Pacheco existe. E ela e o meu pai tiveram alguma coisa.

– É isso que te incomoda?

– Não, claro que não.

– Eu já te disse isso há alguns dias. Todo mundo tem vida privada. Seu pai também.

Andrés tem um gesto intempestivo. Subitamente, ele pega a imagem, a tomografia do cérebro do pai, e mostra à esposa.

– Que porra é essa, Mariana? Por acaso isso aqui não é vida privada?

Ela olha para ele com certa reprovação, tensa. Andrés se acalma, abaixa a cabeça. Ela sai, anunciando que irá ao cinema sozinha com as crianças. Andrés se deixa cair novamente na cama. Pela primeira vez, pensa que a doença pode tirar dele e do pai algo que nunca cogitou: a conversa, a possibilidade de falar. A doença também está destruindo suas palavras.

* * *

O pacto entre o velho Miranda e Merny também inclui irem juntos ao *workshop*. Merny assume isso como mais uma de suas funções, como mais uma prestação para o pagamento da passagem de ônibus que salvará seu filho. Eles vão sempre de manhã, também às escondidas de Andrés. O velho Miranda ficou sabendo através de uma enfermeira que lhe contou sobre a experiência.

– Esse *workshop* já ajudou muita gente – ela lhe disse.

No início, Javier Miranda não se interessou, mas depois da terceira sessão de quimioterapia ele pediu mais informações à enfermeira. Agora eles estão aqui pela primeira vez. Merny parece desconfortável, olha receosa para o lugar. Javier parece quase distraído, como se tivesse chegado ali por engano. Estão em um salão amplo, no térreo de um edifício. Há duas dúzias de cadeiras de plástico dispostas em círculo. Há também uma mesinha onde se amontoam algumas folhas e uma garrafa térmica de café. Uma senhora extremamente gentil lhes deu as boas-vindas e recebeu o pagamento pela inscrição. Após ser informado de que não eram permitidos acompanhantes, o velho

Miranda pagou a taxa de Merny. Os outros participantes também não parecem muito animados. Uma tênue tristeza parece ir se movendo entre todos. Há uma senhora que caminha com um andador, um jovem muito magro e muito pálido, outro homem que não tem uma perna, uma mulher que esfrega as mãos repetidamente, sem nunca levantar os olhos do chão... Como eles me verão?, pensa Javier Miranda. Que avaliação farão depois de me observar? Merny também esgrime mentalmente suas perguntas. Bastará apenas um olhar para concluírem que ela é a criada, a empregada? Ou alguém talvez achará que ela é a parceira do velho Miranda? Será que alguém poderá pensar que não há nenhuma relação entre os dois, que ela está ali porque também está doente, porque também precisa começar a negociar com a morte?

– Muito bom dia. Meu nome é Roger Picón Heredia e quero dar a todos as mais calorosas boas-vindas a este novo *workshop* que começamos hoje.

É um homem moreno, alto e forte, embora se mova com grande agilidade, como se fosse muito leve. Não precisa se esforçar muito para que gostem dele. Tem uma simpatia natural, um sorriso luminoso. Enquanto fala, ele caminha entre os participantes, olha para eles, dedica-lhes um gesto. É como se os conhecesse há muito tempo.

– Em primeiro lugar – ele diz, – quero que todos desamarrem essas caras de resignação; como se vocês tivessem vindo aqui forçados, como se este fosse o clube dos tristes, dos desenganados. Nada disso! É o contrário! Não façam confusão. Este *workshop* se chama *Aprender a morrer*, mas isso aqui não é uma funerária, não senhor, não senhora. Aqui nós propomos justamente o contrário, viemos todos aqui para aprender e para valorizar como a nossa vida tem sido e ainda é maravilhosa. É por isso que vocês estão aqui. Porque ainda querem aproveitar e celebrar sua vida. Vamos lá, vamos lá, vamos lá, todo mundo de pé! Isso mesmo, todos, todos. Vamos todos ficar assim; agora de mãos dadas. Exatamente. Isso mesmo. Estão prontos? Ok.

Nesse momento, Merny pensa que teria sido melhor ter ficado do lado de fora, esperando na rua. Agora ela está presa à mão do velho Miranda e à mão do jovem muito magro e muito pálido. A mão do jovem está suada. A do velho está fria. De repente ela pensa que o rapaz pode estar infectado com algo terrível, contagioso. Instantaneamente ela solta a mão. O jovem olha para ela, Merny se sente constrangida e volta a segurar a mão dele.

– Como vocês estão se sentindo? – O homem dá passos lentos, passando por todos. Ele para na frente de Merny. – Você está nervosa?

– Um pouco – ela sussurra, muito envergonhada.

– Não se preocupe. Nada de ruim vai acontecer.

Depois continua avançando. Merny então sente um leve apertão em sua mão direita. Imagina que foi um movimento involuntário, mas novamente a mão de Miranda lhe envia outro sinal, outro breve apertão. Ela olha para ele. O velho Miranda está sorrindo, com malícia, como se a situação fosse divertida, como uma criança que de repente busca cumplicidade.

– Por favor, fechem os olhos. Respirem fundo. Assim. Um, dois. Um, dois. Outra vez. Suavemente. Muito bem. Agora eu quero que vocês viajem em sua memória, que se lembrem, que vão para aqueles lugares ou aqueles momentos maravilhosos que vocês viveram. Momentos de amor, de alegria, de triunfo. Com os entes queridos, com a família, com os amigos. Continuem de olhos fechados, sintam de novo esses momentos. Não parem de respirar profundamente. Um, dois. Um, dois. E agora, então, repitam comigo: estou vivendo.

O grupo tem um pouco de dificuldade para entrar na dinâmica. Olham-se uns aos outros, de soslaio, como se hesitassem. Mais do que seguir as instruções do ministrante do *workshop*, eles se sujeitam a elas.

– Vamos lá. Não, assim não. Assim ninguém vai acreditar que vocês estão dizendo a verdade. Vamos lá. Com entusiasmo: estou vivendo! – O homem vem e vai, toca neles, dá tapinhas em suas costas, encoraja-os. – Vamos! Estou vivendo! – Ele chega até onde Miranda está, toca o braço dele. – Vamos, mestre! Com entusiasmo. Estou vivendo!

Até que ele por fim consegue organizar um coral entusiasmado, ou moderadamente entusiasmado. Merny se lembra dos evangélicos do seu bairro. Eles também gritam. Dão-se as mãos e gritam. E cantam. Nenhum deles fuma ou bebe álcool. Isso é bom. Mas as mulheres não podem usar calças. Isso é ruim. Merny sente que a mão do rapaz muito magro e muito pálido está cada vez mais suada.

– Agora repitam comigo. Estou vivendo. E a minha vida foi boa. Quando penso na minha vida, no que sou, só vem à minha mente uma palavra: gratidão. Sim. Gratidão. Porque a minha vida é um milagre. Porque a minha vida é um dom. Obrigado. Obrigado à vida.

Todos repetem as mesmas palavras compassadamente. Depois ficam em silêncio por alguns segundos. Todos esperam que o homem moreno diga algo, informe o que virá a seguir. Ninguém tem coragem de abrir os olhos. O velho Miranda começa a pensar que o *workshop* é um golpe, um pequeno circo para os que já foram feridos em combate, para os que não podem mais voltar à batalha. Ali se oferecem várias sessões com um pregador obstinadamente feliz, dedicado a convencê-los de que também há derrotas felizes.

– Podem abrir os olhos agora – diz finalmente o homem.

E os recebe de novo com um sorriso. Pergunta a vários deles como se sentem. Faz com que vejam que agora estão melhor, que esse exercício lhes conferiu um brilho especial, que já não estão desanimados como no início. Em seguida, faz com que cada um diga seu nome em voz alta. Só o nome. Merny está apavorada. Nunca fez algo parecido na vida. Nunca precisou que tantas pessoas soubessem seu nome. Quando chega a sua vez, ela hesita, quase sente que a palavra se perderá em sua garganta, que, quando ela tentar dizê-lo, seu nome fugirá, se perderá dentro do seu corpo. Depois ela descobre que tudo é muito mais fácil. Diz Merny. Em voz alta. E então sente alívio. E orgulho. Quando ela diz seu nome e percebe que nada mais acontece, que está tudo bem, que é um nome quanto qualquer outro, então Merny sente orgulho, uma paz estranha, a satisfação de ter passado num teste.

– Por que estamos aqui? Cada um de vocês tem um motivo muito pessoal. Talvez até esse motivo os deixe um pouco envergonhados, constrangidos, não é mesmo? Vocês se sentem fracos, vulneráveis. Estão assustados. Querem saber a verdade? Vocês não são os únicos. Não, não, não são originais nisso. Prestem atenção. Aqui há homens, mulheres, idosos e jovens. Há brancos, mulatos, morenos. Nenhum de vocês se parece muito um com o outro. Até hoje, vocês certamente não se conheciam. E, no entanto, eu tenho certeza de que todos vocês estão sentindo agora mais ou menos a mesma coisa, algo muito semelhante. E ouçam-me bem, vou lhes dizer outra coisa. Há muitas pessoas que não têm coragem de entrar neste *workshop*. Verdade. É isso mesmo. Só o nome as apavora. Pessoas que são como vocês, que se sentem da mesma forma, mas se paralisaram, pessoas que fecharam as portas de suas vidas e se renderam. Mas vocês não, vocês se arriscaram, fizeram isso, estão aqui, no primeiro encontro de um *workshop* intitulado *Aprender a morrer.* Sim, sim. É por isso que eu estou aplaudindo agora. Eu aplaudo vocês. Sinceramente. Porque estou emocionado por vê-los aqui. Porque admiro e parabenizo vocês. De verdade, de verdade.

Voltam para o apartamento de ônibus. O velho Miranda não quer ir de metrô. Prefere viajar por cima, olhando a cidade. É um meio-dia límpido, o céu está cheio de azul, e o sol é uma pedra branca no alto. Conseguem um lugar e se sentam lado a lado. Merny não diz nada. Só fala quando o velho lhe pergunta.

– O que você achou?

– Estranho.

– Estranho ruim ou estranho bom?

– Não sei. Acho que só achei estranho.

Ele olha para ela e sorri. Ela então também sorri.

* * *

Ela já nem relê os e-mails, já os sabe de cor. Passou os olhos tantas vezes por aquelas mensagens que talvez possa recitá-las. Não precisa lê-las, não é necessário. Em algum momento, ocorreu um trânsito, uma viagem, e as palavras de Ernesto Durán deixaram de estar do lado de fora, na tela do computador ou impressas em uma folha, e se moveram, começaram a respirar dentro dela. Karina se viu até contando mentalmente os adjetivos. São tão poucos. Mais de uma vez, foi surpreendida pela lembrança de uma frase exata. "Dentro do meu corpo havia um barranco", por exemplo. Karina leva pouco tempo para determinar que a frase está nas primeiras linhas do quinto parágrafo da terceira mensagem, enviada por Durán no dia 12 de junho, às 6h24 da tarde.

Um dia, ela ouve no rádio uma reportagem sobre algumas pessoas que estão organizando uma associação peculiar, a União Nacional dos Enfermos. Eles querem formar uma espécie de sindicato em que os cidadãos possam se defender dos médicos, proteger-se da medicina. Karina imediatamente imagina que Ernesto Durán está lá, que com certeza ele é um dos líderes da futura organização. Tenta acompanhar a notícia em seus detalhes. Nessa mesma noite, na televisão, vê uma entrevista com algumas das pessoas que promovem o movimento. A primeira a falar é uma senhora que conta como certa vez um bicho esquisito picou seu braço, ela suspeitou que tinha sido algum inseto, embora não pudesse determinar que tipo de inseto. Não era nenhum conhecido: nem abelha, nem pernilongo, nem marimbondo. Foi outra coisa, ela diz. No fim das contas, o braço começou a inchar, ficou roxo, e ela não teve escolha a não ser ir ao pronto-socorro. Lá, ela foi atendida pelo médico de plantão, um médico que – de acordo com o relato da senhora – se empenhou em remover com uma seringa a inflamação que ela tinha no braço. Sem perguntar, sem dizer nada, sem lhe dar explicações. Karina deduz que a senhora diz a verdade porque, mesmo agora, quando se lembra daquele momento, ela fica indignada e morde as palavras, parece quase a ponto de chorar de raiva. O médico se cansou de raspar debaixo da sua pele com a seringa. Finalmente, disse que não tinha encontrado nada, deixou-a por duas horas em observação e depois lhe deu um antibiótico, esclarecendo que o antibiótico não era por causa da picada, mas pelo que ele tinha feito com a tal seringa. "Não se preocupe com a picada", a senhora conta que o médico lhe disse: "Não é nada. Com o tempo, isso sai". Pagou uma dinheirama e voltou para casa com uma ideia dando cabriolas na sua cabeça: a União Nacional dos Enfermos.

Depois várias outras pessoas falam. Um jovem cuja irmã mais nova morreu por falta de oxigênio em um hospital no oeste da cidade. Um homem que não tem uma perna e que acusa um anestesista de negligência. Uma enfermeira que afirma conhecer a medicina por dentro e que garante que, antes de ser enfermeira, ela também sofre de uma doença... Ernesto Durán não aparece. Karina chega a tentar entrar em contato com a organização, consegue falar ao telefone com uma daquelas pessoas, mas nada. Ninguém o conhece, ninguém sabe nada sobre Durán.

– Você está mal. Essa obsessão não é normal.

Adelaide acha que fizeram um *trabalho* para Karina, que alguém – quem sabe o próprio Ernesto Durán – contratou alguma bruxa para deixá-la louca. Ela acha também que Karina deve lutar no mesmo terreno. Com ervas mágicas, com um médium, com um pai de santo, com algum vidente..., com qualquer poder que não pertença ao mundo conhecido, que requeira mais alento da fé do que da ciência. Karina lhe contou, por alto e sem se deter muito nos detalhes, o que está acontecendo com ela. Não voltou a passar por uma situação como a que padeceu na videolocadora, embora tenha vivido alguns episódios semelhantes, o pior deles há apenas dois dias, no metrô. Claro que no horário de pico. Karina ia de pé, espremida, no meio da multidão. Não precisa de mais do que dois segundos para sentir que uma crise começa. Sente falta de ar, os batimentos cardíacos são pedradas, uma umidade viscosa gruda em toda a sua pele, a língua incha até que ela começa a sentir que um sapo imenso está nascendo dentro da sua boca, um animal áspero que lhe raspa o céu da boca, que lhe rouba o ar, que a sufoca. Desce com um pulo na estação seguinte, jurando que nunca mais voltará a entrar em um vagão de metrô.

Adelaide insiste: isso não é uma coisa física, biológica. Nenhuma seringa tem poder contra o mau-olhado. Não há antibiótico capaz de enfrentar seriamente uma maldição. Diante disso, a ciência é impotente, a guerra é com outras energias, com outras armas. Karina prefere pensar que é tudo passageiro, que tudo faz parte de uma ansiedade que a assola momentaneamente, de forma provisória, que numa manhã qualquer ela acordará e tudo já terá passado, que há em seu futuro uma quinta-feira amável e serena, sem temores, sem asfixias nem desmaios, uma quinta-feira em que Ernesto Durán não será nem sequer uma lembrança.

* * *

De manhã, ele esteve na sala de cirurgia. Embora tenha se tornado clínico geral justamente por não se sentir muito à vontade nas práticas cirúrgicas, Andrés às vezes comparece a algumas operações. Em geral, responde à solicitação de um amigo. Miguel frequentemente o consulta. Hoje foi Maricruz Fernández. Abriram uma paciente com dois tumores no fígado. Ela queria que Andrés os visse, queria consultar sua opinião sobre o caso. O segundo tumor, sobretudo, dava margem a dúvidas. Era misto, tinha uma parte mole e outra dura, apenas um lado apresentava formação cerebroide. Andrés passou mal. Nunca lhe acontecera isso antes. Quando se aproximou para olhar o corpo da mulher, ele de repente se sentiu sem fundo, como se pudesse afundar naquelas entranhas, cair infinitamente dentro daquele fígado gosmento e escuro.

Qualquer desculpa servia. Saiu dali o mais rápido que pôde. Passou na lanchonete e bebeu um suco de laranja.

Depois foi se sentar em frente à porta da sala de quimioterapia. Lá está ele, com o olhar perdido, pensando. Na última semana, o pai foi se deteriorando rapidamente. A voracidade de algumas doenças é nojenta. Andrés tem cada vez menos tolerância e mais aflição. Até a linguagem clínica se tornou insuportável para ele:

neoplasia exérese empiema estafilocócico
empiema pleural anastomose ileocolostomia
biópsia hemostasia prótese laparotomia
isquemia litíase

São palavras que transitam o tempo todo pelos corredores dos hospitais. Ele fecha os olhos e as ouve. Lampejam no meio de qualquer conversa, destacam-se entre outras palavras simples, aquelas que servem apenas para viver, mas não para enfrentar a morte. Agora Andrés acredita que elas fazem parte de um dicionário pretensioso e inútil. Hoje de manhã, quando foi buscar o pai, encontrou-o sentado na cama, nu. Ele parecia inconsciente, ainda que seus olhos estivessem abertos. Andrés hesitou por alguns segundos, pensou que talvez o pai pudesse se envergonhar. A intimidade de repente era cruel. Decidiu se aproximar, sentou-se ao lado dele. O velho não se mexeu. Andrés o viu mais de perto, tão frágil. Suas pernas magras, franzinas. Seu sexo vencido, como um dedo dormindo no lugar errado, como se nunca tivesse sido realmente um sexo. Agora se notavam mais os ossos. Eles tomavam a forma do corpo. O rosto parecia conservar uma espessa decepção.

– Como você está? – Andrés passa o braço sobre os ombros do pai e faz um esforço para demonstrar um incompreensível otimismo.

– Mal. – O velho continua sem olhar para ele. – Estou cansado, Andrés. Não quero continuar, não quero mais.

– Hoje você amanheceu desanimado, é isso que você tem. – Andrés se esforça, ainda que as palavras lixem sua língua. Ele sente que é seu dever dizer algo assim, é sua obrigação.

– Hoje eu amanheci igual a ontem. E igual a anteontem. E igual a antes de anteontem.

– Vamos lá, eu vou ajudá-lo a se vestir.

– Sério, eu não quero ir.

– Você tem que ir. – Andrés se agacha na frente dele. Os dois se olham profundamente nos olhos.

– Dói – diz, após uma pausa, o velho Miranda. Quase sussurrando. Como uma expiração. – Tudo me dói, filho. Dói pra caralho.

Agora, sentado no corredor, ele não ouve mais as palavras clínicas, não há mais *neoplasia isquemia empiema pleural*. Dói pra caralho. Mais nada.

"A dor física", escreveu Julio Ramón Ribeyro, em seu diário, "é o grande regulador das nossas paixões e ambições. Sua presença neutraliza imediatamente qualquer outro desejo que não seja o desaparecimento da dor. Esta vida que recusamos porque nos parece chata, injusta, medíocre ou absurda imediatamente assume um valor inestimável: nós a aceitamos em bloco, com todos os seus defeitos, desde que nos seja dada sem sua forma mais baixa de vileza, que é a dor."

Andrés decide ficar com o pai pelo resto do dia. Convida-o para almoçar em seu restaurante favorito, um lugar discreto cuja propaganda garante que ali se prepara comida caseira autêntica. Mas o velho não está muito animado. Andrés insiste. A ponto de quase parecer que o pai faz um sacrifício ao aceitar. Eles não aproveitam a comida. O velho sente muita náusea. O refluxo gástrico não o deixa comer nada. Eles voltam para casa em silêncio. O pai se despe e vai para a cama. Andrés volta a se sentar ao seu lado. O que ele pode fazer? O que seu pai espera dele? Haverá alguma coisa que ele possa fazer, haverá alguma maneira de ajudá-lo neste momento? O velho Miranda permanece deitado, de barriga para cima, com o olhar perdido no teto. Andrés abre a gaveta da mesa de cabeceira.

– Outro dia eu estava procurando seus comprimidos... e me deparei com isso – ele diz, mostrando o livro.

O pai não parece muito interessado no assunto, Andrés coloca o livro diante dos seus olhos.

– Quem me recomendou foi uma enfermeira do hospital – sussurra, enfim.

– *Morrer com Dignidade.* – Andrés lê o título. Olha para o pai: – Não é muito otimista – aponta.

– A vida não é otimista.

Andrés suspira, se aproxima, penteia com a mão a careca do pai, carinhosamente.

– Papai. Você não está pensando em fazer uma besteira, não é?

– A única besteira que eu posso fazer é morrer. E eu já estou fazendo isso.

Andrés não sabe o que acrescentar. Deixa o livro cair na cama, continua a acariciar a cabeça do pai. Os dois permanecem assim por alguns instantes. Até que:

– Por que você nunca me contou nada? – Andrés decide correr o risco.

– Sobre o quê?

– Sobre Inês Pacheco.

Agora sim o pai se levanta, vira a cabeça e olha para ele. Mais do que surpreso, ele parece estar desapontado, talvez até ofendido. Mesmo com sua fraqueza, sua atitude mantém um aspecto altivo, quase severo.

– Eu a conheci. Fui vê-la – diz Andrés.

E então o velho se esvazia lentamente. Como se, através de um buraco secreto, seu espírito de repente se esvaziasse. Dá uma bufada e se deixa cair na cama. Depois fecha os olhos, como se já não quisesse ouvir mais nada.

– Ela não te contou? Não te disse nada?

O velho Miranda continua do mesmo jeito, ensimesmado.

– Ela sabe que você está assim, sabe que você está doente? – Andrés continua perguntando, embora o pai nunca responda.

Depois de alguns minutos em silêncio, Andrés também se deixa cair muito lentamente na cama, até ficar deitado ao lado do pai. Ele também distende então o olhar e deixa os olhos no teto. Provavelmente os dois só querem que tudo termine, que tudo já seja definitivo. A morte é preferível à dor. A doença é um pedágio amargo, uma alfândega tão caprichosa, capaz de transformar a morte no objeto de todos os últimos desejos.

– Estou fedendo – diz o velho, de repente, ainda com os olhos fechados.

Ele tem razão, mas Andrés não confirma, fica calado. Cada doença gera, dentro do corpo, seus sinais particulares.

– É como se, desde já, eu tivesse começado a apodrecer.

Andrés também não olha para ele: não tem coragem.

– Você está muito deprimido, papai. É isso – ele sussurra, com um nó na garganta.

– Você não percebe? Estou com esse cheiro estranho, de amoníaco e outras porcarias. Mesmo tomando banho, continuo com esse cheiro.

Andrés estica o braço suavemente e pega então a mão do pai. Fecha as pálpebras, como se no fundo também quisesse fechar a memória, como se desejasse que suas lembranças nunca pudessem se agarrar àquela imagem.

– Estou desesperado – ele confessa, de repente. – Não há nada que eu possa fazer. Não sei o que fazer.

O silêncio é uma faca que se afunda na pele da tarde. Nenhum dos dois se atreve a abrir os olhos.

* * *

– O que pode fazer um homem a quem de repente, numa manhã qualquer, informam que só lhe restam três ou quatro semanas de vida?

Assim começou o segundo encontro do *workshop*. Dois novos participantes se juntaram a eles: uma mulher gorda, que respira com dificuldade, e um homem jovem, com cerca de trinta anos, que tem aspecto saudável, embora pareça inquieto, nervoso. Roger, o mesmo moreno de sorriso largo, volta a coordenar a participação do grupo.

– Agora, pensem um pouco sobre vocês. Talvez haja pessoas entre nós que estejam passando por uma situação semelhante neste momento. Não seria a primeira vez, posso lhes garantir. Ministrei muitos encontros como este e, em mais de um, tivemos experiências desse tipo. Mas, de qualquer maneira, se não for assim, não tem importância. Façam por um momento esse exercício mental. Imaginem que neste instante um médico famoso, um especialista muito importante, chega diante de cada um de vocês; chega e diz: cavalheiro, senhora, senhor, senhorita..., infelizmente devo informá-lo que a vida que lhe resta vai durar apenas um mês. O que vocês fariam?

Merny pensa em Javier Miranda. Pensa em seus anos, em suas dores, nessa palidez que agora o envolve. De uns tempos para cá, ele parece cada vez mais ausente. O que ele fez com esses últimos dias que lhe restam de existência? Usou-os corretamente ou os desperdiçou? Quem pode saber? Quem pode julgar?

– Notem que não é simples. – Roger volta a caminhar entre os participantes. – Além disso, a gente nem sempre reage como acha, pensa ou supõe que vai reagir. Talvez, diante de uma notícia como essa, a gente possa até perder uma semana digerindo a notícia, acreditando nela, aceitando-a. A grande diferença entre o homem e as outras espécies é que o homem é o único animal que sabe que vai morrer. Um cachorro não sabe. Um gato não faz a menor ideia, não imagina. Em compensação, o homem sim. E passa a vida toda pensando nisso. Sofrendo, padecendo dessa sabedoria. Além disso, existem seres humanos que passam a vida inteira tentando evitar o que vocês já sabem, tentando não pensar nisso. Existem pessoas que só podem viver quando esquecem que vão morrer... É por isso mesmo que eu estou lhes propondo este exercício. Então: só lhes restam quatro semanas de vida. O que vocês querem fazer nesse tempo?

Quando recebeu a notícia, Javier Miranda também passou um bom tempo tentando desenredar aquela pergunta. Pensou no filho, pensou em Mariana e nos netos, pensou em uma excursão longamente sonhada ao rio Amazonas, pensou também em Inês Pacheco. Mas há muito tempo ele e Inês tinham feito um pacto. A ideia, aliás, de estabelecer uma série de metas para antes de morrer começou a se misturar com a clara sensação de que, pouco a pouco, mas de forma constante, sua morte se tornaria algo cada vez mais público. Essa é outra consequência da doença: a agonia privada passa a ser uma cerimônia coletiva. O efeito foi o contrário: na verdade, o velho Miranda começou a sentir vontade de se retrair, de se esconder, de ficar mais isolado, mais ausente. À medida que os dias passavam e os exames, os tratamentos e as doses de remédio aumentavam, as experiências de prazer e de gozo também iam diminuindo. Não se tratava de uma deterioração seletiva. Àquela altura, tudo era uma perda total. Ninguém se despede pela metade.

– Viajar? Pode ser. É uma ideia magnífica. – Roger vai passando de um em um, procurando, compartilhando respostas. – E para onde você gostaria de ir?

– Para Nova Iorque – murmura uma velha.

– Para Nova Iorque, ótimo. – Ele dá mais dois passos, chega diante do rapaz muito magro e muito pálido. – E você, Rodolfo? O que você faria?

– Se me dissessem que me restam quatro semanas de vida, eu faria o máximo possível para me salvar, para viver mais.

– Por exemplo...

– Eu procuraria aqueles médicos que curam com as mãos, apelaria para a medicina natural, me trataria com María Lionza, comeria raízes, tudo o que me dissessem.

– Ótimo. Muito obrigado, Rodolfo – ele diz enquanto segue em frente, sem deixar de observar o grupo. – Quem mais quer participar? – Ele para na frente de um homem de sessenta anos que tem uma venda nos olhos. – E então, senhor Esteban? O que o senhor me diz? O que faria?

– Eu treparia com uma chinesa – diz o homem, em meio a uma gargalhada.

Alguns participantes também riem, outros permanecem em silêncio e trocam olhares que pressagiam futuras piadas.

– Nunca estive com uma chinesa. Estou dizendo a verdade.

– Tudo bem, tudo bem, senhor Esteban. E nós acreditamos no senhor. Perfeito. – O homem de repente para na frente de Merny. Inclina-se em direção a ela, apoiando as mãos nos joelhos. Seu tom é mais caloroso. – Vamos ouvir agora o que Merny nos diz. O que você faria?

Merny se sente embaraçada. Todo o grupo olha para ela e isso a assusta. Sente que fez algo errado, ou que está prestes a fazer algo errado. Sente-se confusa. Acha que o que tem a dizer não é certo, é uma bobagem, está fora de lugar.

– E então, Merny, você tem só quatro semanas de vida. O que você vai fazer nesse tempo?

– Vou levar meu filho para Mérida – ela diz, constrangida, nervosa, sem ousar tirar os olhos do chão.

* * *

– Doutor Miranda!

Karina é a primeira a ouvir. Ou, pelo menos, é o que ela supõe. O doutor Miranda, que caminha ao seu lado, não parece se considerar aludido, continua seguindo em frente como se não tivesse ouvido nada, pensativo, ensimesmado. Tanto que até a própria Karina fica em dúvida: ela ouviu mesmo? Ou está imaginando? Pensa de repente que é impossível, que ninguém imagina sons.

– Doutor Miranda!

Ela ouve pela segunda vez e sente o mesmo arrepio. A voz vem de trás, de trás e do lado esquerdo, de cima também. Atrás, em cima, à esquerda, Karina sente que as palavras se precipitam em sua cabeça. Ela acompanhou o doutor Miranda na entrega de alguns exames, e agora os dois estão voltando para o consultório. Eles seguem tranquilamente pelo corredor, até que de repente aparece aquela voz que é um relâmpago para Karina, mas que o doutor Miranda parece ignorar.

– Acho que estão chamando o senhor – diz enfim Karina, colocando a mão no braço de Miranda.

E então os dois se viram. Fazem aquilo de modo natural, com um movimento suave, embora Karina o experimente de outra forma, com mais pressa, com muita tensão. Não se enganou: Ernesto Durán vem caminhando em direção a eles. Ele parece tão idêntico, tão normal, que Karina, por um segundo, se sente um pouco decepcionada. Não parece nem mesmo estar mais magro, não parece pálido, nada indica que acaba de passar por uma crise de saúde ou por uma temporada de sofrimentos terríveis. Tampouco é um espetáculo de entusiasmo, mas se aproxima com meio-sorriso e um semblante pacífico – tímido, mas pacífico.

– Eu poderia falar um minuto com o senhor? – ele pergunta, sem que a voz traga nenhuma entonação especial, olhando Miranda nos olhos.

– A verdade é que...

– É só um minuto. Por favor.

Karina está muito nervosa. Não tem coragem sequer de olhar demoradamente para nenhum dos dois. Baixa os olhos, deixa que suas pupilas se movam dos seus sapatos para os sapatos do doutor Miranda, elegantes, de couro marrom, e dali para os sapatos de Ernesto Durán, mais velhos e mais baratos, mas também de couro, pretos e sem cadarços, com uma ponta muito estreita.

Só quando sente a mão do médico em seu ombro ela se dá conta de que se desorientou, de que perdeu o contato com a realidade. Ergue o rosto, e ao sentir o olhar de Durán sobre ela também sente imediatamente uma maré de calor dentro de si. Queria não ficar vermelha. Queria não ficar nada. Tenta parecer o mais natural possível.

– Você pode ir na frente e levar estes resultados para a doutora Sananes?

Ela diz que pode, claro que pode, é claro, aquiesce, pega as folhas, volta a dizer que pode, deixa cair as folhas, diz ainda outra vez que pode, enquanto os três se agacham e pegam os benditos resultados. Agora se sente mais perto dos sapatos. E acha que é absurdo pensar nisso. Fica incomodada, irritada. Quase tanto com isso quanto por se ver em meio àquela situação ridícula. Quando se afasta, sente que seu pulso vai na frente, que avança mais depressa do que ela. Ao virar no fim do corredor, se detém para tomar um pouco de ar, para tentar se acalmar, para pensar. Espia pela borda da parede e observa os dois homens a distância. Ernesto Durán usa calças azuis e uma camisa branca de algodão. É ele quem está falando. Move as mãos, mas muito pouco. O que pode estar dizendo? Karina deduz que aquilo será um desastre. A ideia de que tudo finalmente virá à tona, o medo de ser descoberta, pesa mais do que ter constatado que Ernesto Durán está são e salvo. O que vai acontecer agora?

Em *Enfermaria N. 6*, de Tchekhov, o médico explica ao paciente: "no fato de eu ser médico e o senhor ser um desequilibrado não há moralidade nem lógica, mas um acaso puro e simples". Talvez, em segredo, Karina pense algo similar agora, enquanto olha para eles. Talvez até acredite que seja justamente ela esse acaso que permitiu que esses dois homens se relacionassem, que fossem médico e paciente. Não seria o caso, naquele mesmo instante, de ela se aproximar e explicar tudo para os dois? Não seria o caso de ela ir lá e lhes dizer que ela, e somente ela, é a única conexão que pode fazer com que os dois se olhem e possam compartilhar um mesmo movimento? Mas Karina está paralisada, estática. Não consegue nem respirar fundo. Continua estupefata, olhando para Durán e para Miranda. É só um instante.

O que acontece? Assim que ficam sozinhos, Ernesto Durán faz um breve gesto com as mãos, como se estivesse virando um parafuso invisível no ar. Também desliza um sorriso.

– Muito obrigado – ele diz.

E depois olha para ele, e assente com a cabeça, de modo muito sutil. Andrés Miranda somente o observa, perplexo, ainda à espera.

– Há quanto tempo, não é? – acrescenta, depois de uma pausa, Durán.

Miranda o observa cada vez mais confuso. Sua atitude intimida Durán um pouco. Essa é a impressão que dá. Ao que parece, ele esperava outra coisa, outra reação. Provavelmente tinha imaginado o encontro de outra forma.

– Me diga o senhor.

Ernesto Durán então assente com a cabeça outra vez, mais firmemente, como quem se vê forçado a ir direto ao ponto, a não se desviar do assunto. Pigarreia. Finalmente, ele olha bem nos olhos do médico:

– A doença, doutor – ele diz, com voz grave. – Está me matando.

Andrés sente que, dentro de si, algo se esvazia. De repente não entende o que está fazendo ali, de pé diante de um sujeito que não conhece. Deve haver um engano. Nesta manhã, há um erro terrível, um absurdo no meio de um corredor. Andrés olha para trás, para os lados, repete instintivamente todos os gestos da pessoa que sente que a confundiram com outrem.

– Estou falando sério...

Está falando sério? Está falando sério. A doença o está matando. Em um primeiro impulso, Andrés pensa em lhe dar uma resposta rápida e seca: "É disso que se trata, não é? O mesmo acontece com todos nós", por exemplo. Poderia dizer algo parecido, dar meia-volta e se afastar. Poderia também lhe dar um tapinha nas costas e o animar um pouco: "Não fique tão preocupado, também não é tão ruim assim. É para isso que a gente vive, para ficar doente". Caminharia uns dois passos ao lado dele pelo corredor e depois fugiria para o consultório. Outra possibilidade seria conversar com ele sobre o pai. Mostrar os últimos exames. Dizer a esse desconhecido o que é tão difícil de dizer ao próprio pai. Dizer que está apavorado. Que não sabe como viver este momento. Que não pode se imaginar sozinho, tão sozinho, quando Javier Miranda não for mais Javier Miranda, quando ele não existir mais. A doença está nos matando.

– Sinto muito – ele diz enfim, tentando afinar a voz enquanto fala. – Acho que há algum engano. Não sei por que o senhor está me dizendo isso.

O homem então balança a cabeça duas vezes, como se tivesse água dentro dos ouvidos.

– Você não está me reconhecendo? – ele pergunta de repente, fitando-o fixamente e começando a tratá-lo por "você".

– Não. Aliás, me desculpe, mas acho que nem o conheço.

– Sou Ernesto Durán.

Andrés Miranda molha os lábios com a língua. Por alguns segundos, parece se concentrar. Ernesto segue com os olhos aquela viagem imaginária, aquela busca invisível.

– Sinto muito – Andrés repete, depois de uma pausa.

E faz um gesto de despedida, um gesto simples que pretende encerrar a conversa.

– Espere. – Ernesto o retém. Aperta seu braço com força. – As mensagens.

– Mensagens? – ele pergunta, cada vez mais confuso.

– Os e-mails. Trocamos mensagens há vários meses.

– Me desculpe, mas agora eu tenho certeza: você se confundiu.

– Mas...

– Eu não uso e-mail. Acho que nunca respondi a um e-mail na minha vida. Você se confundiu, é verdade. Se quiser, procure na lista: tem um gastroenterologista com um sobrenome parecido com o meu, talvez seja isso que está acontecendo.

Antes que Ernesto possa dizer ou fazer qualquer outra coisa, Andrés foi embora. Com pressa, sem se virar, sem sequer se despedir. Deixando que o encontro fique no nível de um tropeção, de um simples engano, com cordiais desculpas, no meio de um corredor de hospital.

* * *

Quando Mariana vê três gotas de sangue no chão, ela entende que chegou a hora. Há dias, eles sabem que a qualquer momento o acidente pode acontecer. Não é *um* acidente, mas sim *o* acidente, o que todos já sabem, o que estão esperando. Ela imediatamente lamenta que aconteça nesta quarta-feira, que sejam quatro da tarde e que o avô tenha ido passar um tempo com os meninos em casa. Andrés saiu. A cada dia ele está pior, a relação azedou, está o tempo todo de mau humor. Mariana pode entender, mas não aguenta mais. Ela também quer que tudo termine logo.

As três gotas formam um pequeno triângulo no chão. Mariana as vê e depois procura mais gotas, tenta encontrar um rastro mais longo, uma trilha.

– Javier! – ela chama.

Avança pelo corredor até o quarto onde os meninos assassinam pequenos monstros galácticos no aparelho de televisão.

– Meninos! O vovô está aí com vocês?

Continua andando, com a cabeça cada vez mais curvada sobre o piso. Tropeça numa mesinha. Um objeto cai no chão.

– Javier! Crianças!

Até que chega, lívida, ao quarto: o volume da televisão é assustador. Seus filhos estão sozinhos. Sem perguntar nem responder, Mariana dá meia-volta imediatamente, corre, chega à porta do banheiro, bate duas vezes.

– Vovô! – ela diz, ainda tentando parecer calma.

Ninguém responde. Ela suspira, hesitando; olha para o chão: outra mancha de sangue. Não bate mais, pega a maçaneta e abre. A porta não vai. Bate no corpo desacordado de Javier Miranda. Mariana empurra, chora, se desespera. Um dos filhos fala com ela, avançando pelo corredor.

– Não se aproxime! Não venha!

O menino fica paralisado. Mariana tenta passar uma mão pela fresta e arrastar um pouco o corpo do velho Miranda.

– Ligue para o papai! – Mariana grita. – Ligue para o seu pai, agora! Vai!

Andrés desligou o celular e, ainda indeciso, está novamente diante da porta do apartamento de Inês Pacheco. Em meio à impotência que o domina, intui que talvez seja isso o que ele pode fazer pelo pai: essa mulher é a outra afeição do seu pai; mesmo que não a conheça, ela é aparentemente a outra experiência amorosa que lhe resta. Por que agora, justamente agora, ela não está com ele? Por que não lhe faz companhia? Andrés pressente que talvez seja isso o que ele poderia dar ao pai: levar-lhe uma visita de Inês Pacheco. Não tem nada além disso: um pressentimento. Toca a campainha.

Após alguns instantes, ele volta a sentir um sussurro entre sombras, e depois a porta se abre. É a mulher, outra vez. Mas agora, quando ela o vê, fica imediatamente tensa. Parece aborrecida e de repente olha para ele com uma melancolia desamparada.

– Por que voltou? – ela pergunta.

– Por favor, me desculpe – diz Andrés, nervoso, embaraçado –, posso entrar?

– Não – responde a mulher, após olhar rapidamente para dentro e colocar seu corpo junto ao batente da porta.

– É importante.

Andrés olha para ela, quase implorando. A mulher está cada vez mais tensa. Mas não diz nada.

– Ele está muito mal – Andrés finalmente esclarece. – Meu pai está morrendo.

A mulher aspira uma funda lufada de ar, abaixa a cabeça e, quando volta a levantá-la, tem os olhos brilhantes.

– A senhora estava sabendo?

Mas ela não responde. Apenas olha para ele, com profundo desespero. Andrés não sabe mais como conter sua ansiedade. Gostaria, naquele exato momento, de sequestrá-la. Parece que ela finalmente vai dizer algo quando surge uma voz de dentro do apartamento.

– Inês.

Então aparece um homem alto, grisalho. Parece um pouco fraco, mas tem uma expressão gentil, bonachona.

– Quem é? – o homem indaga, enquanto para próximo aos dois.

– É um jovem que está procurando... – Inês se detém, hesita –, que está procurando uma pessoa. – Depois olha para Andrés e, com um gesto que também acrescenta outra ênfase, aponta para o homem e explica: – É o meu marido.

O homem permanece ao lado dela, olhando para Andrés com uma leve curiosidade. Sorri com cortesia.

– Quem o senhor está procurando?

– Ninguém – Andrés balbucia. – Deram-me uma informação errada. Desculpem. E obrigado, muito obrigado – ele diz.

– De nada.

A porta se fecha quase sem ruído. As vozes do casal ficam flutuando do lado de dentro. O homem pergunta alguma coisa. Ela responde alguma coisa. Depois tudo fica em silêncio.

Quando Andrés liga de novo o celular, ouve apenas o uivo. O som da ambulância já é uma ferida que vai abrindo a tarde.

* * *

Prezado Ernesto,

Como poderei lhe explicar agora tudo o que tenho para explicar? Por onde posso começar? O melhor é começar pelo meu nome: Karina Sánchez. Sou a secretária do doutor Andrés Miranda. Não sei se o senhor se lembra de mim, já nos encontramos no consultório algumas vezes, também conversamos pelo telefone. Nosso contato sempre se deu por questões de consulta, no âmbito do meu trabalho, nada além disso. No entanto, ainda que lhe pareça inacreditável, nós nos conhecemos bem mais, temos um contato muito mais pessoal.

Permita-me explicar: entre as tarefas que o doutor Miranda me atribuiu está a de me encarregar de seu correio eletrônico, de toda a correspondência que chega ao endereço andresmiranda@cantv.net. É o e-mail que ele usa para receber convites sociais, propagandas dos laboratórios e para desviar por ali alguns pacientes, alguns pacientes como o senhor. Perdoe-me pela franqueza. Mas foi o que decidi quando nesta manhã resolvi escrever para o senhor: vou lhe dizer toda a verdade. Custe o que custar, mas toda a verdade.

Foi a esse endereço que chegou a sua primeira mensagem. Eu a li, avisei ao médico e ele me instruiu a não lhe responder. Quando veio a segunda mensagem, eu não disse mais nada a ele. Supus que a ordem que ele me dera ainda estava de pé, que se referia ao senhor sem importar o número de e-mails que enviasse. No dia em que li que o senhor estava seguindo o doutor Miranda, fiquei assustada. Achei que o assunto estava ficando grave, perigoso. Foi então que, também mal aconselhada por uma amiga, decidi responder eu mesma às suas mensagens.

Talvez agora, em meio à surpresa ou à indignação, o senhor esteja tentando entender por que eu fiz algo assim. Eu também me pergunto a mesma coisa constantemente. No começo, achei que seria uma brincadeira divertida e inocente, mas pouco a pouco fui percebendo que estava enganada. Talvez o senhor não acredite em mim, mas eu juro que foi o senhor, o senhor mesmo, com aquilo que escrevia, com a sinceridade das coisas que contava, que foi me mostrando o horror que eu estava cometendo. Sei que nada pode desculpar o que fiz, porque agora sinto que não cometi um erro, mas um crime. Usurpei a identidade do doutor Miranda, me fiz passar por ele e, o que é pior, enganei o senhor, usei e abusei sem permissão da sua privacidade.

Se a partir deste momento o senhor me odiar e me desprezar, eu o entenderei. Posso lhe assegurar. Embora me doa, saberei que o senhor tem razão e tentarei aceitar. Não tenho desculpas.

Tenho que lhe confessar só mais uma coisa. O senhor mudou a minha vida, senhor Durán. Agora entendo perfeitamente o que o senhor sente, sei como é se sentir como o senhor diz, com os mesmos sintomas. De alguma forma, o senhor me contaminou. O senhor e suas palavras. Por isso, quando o senhor parou de escrever, eu comecei a me angustiar, a me sentir cada vez pior. Não estou dizendo isso para lisonjeá-lo, ou para tentar apagar todos os meus erros. Só estou dizendo isso porque é verdade.

Desejo que o senhor esteja bem e que algum dia possa me perdoar.

Atenciosamente,

Karina Sánchez

* * *

Ele está no quarto 508. No pronto-socorro, cuidaram dele, limparam-no, mas decidiram que não fazia sentido levá-lo para a UTI. Não havia muito mais que fazer. Ele estava fraco e com muita dor. Está com uma sonda de soro. A pressão e a frequência cardíaca estão sendo monitoradas. Ministraram-lhe morfina.

Lá fora, no corredor, estão Mariana e os meninos. Andrés acabou de entrar. Ele se aproxima e o vê. Cada vez mais, é uma estrutura óssea, como se a pele também fosse lentamente se desprendendo, aderindo aos ossos; como se a cada momento os traços definitivos da caveira viessem mais à tona. Andrés se inclina e lhe beija a testa. O velho abre os olhos. Eles se olham, sorrisos de triste cumplicidade afloram em seus rostos: os espetáculos já não são necessários, os dois sabem perfeitamente o que está acontecendo.

– Que pena ter sido na sua casa – murmura o velho. – Fico triste pelos meninos.

– Não se preocupe. Se tivesse acontecido no seu apartamento, você estaria sozinho.

O velho Miranda pensa naquilo por um segundo. Vai falar, mas sente dificuldade. Tudo é cada vez mais difícil, tudo exige esforço.

– Você não devia ter deixado que Merny fosse passar tantos dias em Mérida.

– Foi um acordo que eu e ela fizemos – o velho murmura suavemente.

Andrés assente. O pai volta a fechar os olhos. Respira com dificuldade. Andrés procura alguma ação: checa o líquido da sonda, verifica alguns dados no prontuário que deixaram na mesa. Na verdade, esses números e dados já não servem para muita coisa. Cada doente escreve sua própria história. Os relatos que narram as doenças têm outra ordem, outro ritmo. Nunca se repetem, ainda que todos tenham o mesmo final.

Andrés volta para junto do pai. Toma-lhe o pulso, põe a outra mão em sua testa. O frio está cada vez mais próximo, mais próximo. Neste momento, Andrés gostaria de voltar a se deitar ao lado dele, abraçá-lo e começar a chorar. O velho tenta dizer algo, mas não consegue, abre a boca, tosse, tenta alcançar uma vogal e só consegue um silêncio, sua língua está seca, ferem-no as palavras que não podem mais chegar, que ele já não tem.

– Não se esforce – diz Andrés. – Não diga nada.

Também sente o ardor de algumas lágrimas começando a se juntar sob as suas pálpebras. Queimam. Ele não sabe o que fazer. Põe a mão na testa do velho. De repente os dois se olham. Andrés percebe que o pai também está chorando, silenciosamente. Beija-o de novo, aperta a sua mão.

– Tudo mudou – ele diz, com dificuldade. – Desde que eu lhe disse que você estava doente. Desde que ficamos sabendo.

O velho Miranda nega com a cabeça, como se quisesse detê-lo. Andrés, fazendo o gesto contrário, apenas assente com a cabeça.

– Nós dois mudamos. Não soubemos como lidar com isso. Nos irritamos, nos enrolamos... Devíamos ter conversado mais, não sei, ter tentado enfrentar melhor isso juntos.

O pai olha para ele e sorri, com carinho. Engole com dificuldade e tenta tocar o rosto do filho, mas o gesto tênue se apaga rapidamente. Andrés enxuga as lágrimas na bochecha do pai.

– Não dá para ensaiar essa porcaria – murmura o pai, brincando, como se quisesse minimizar a importância do momento. – Ninguém nos disse que isso seria assim.

Três andares acima, no consultório, Karina está terminando de avisar a família e os amigos. Foi o que Mariana pediu que ela fizesse. Que ligasse para os mais próximos, que lhes explicasse a situação. Já chegou a hora inevitável. Ela atendeu ao pedido, um pouco constrangida e muito nervosa. Também não sabe muito bem como explicar a situação. O que ela pode dizer? Chegou a hora inevitável? Venham, porque tudo já vai terminar? Quando está prestes a fazer uma nova chamada, de repente ela nota que um pequeno ícone apareceu na tela do computador: um novo e-mail acaba de chegar à caixa de entrada. Ela desliga imediatamente o telefone e se põe diante do computador. A vertigem é maior quando ela vê quem é o remetente, quem enviou a mensagem: Ernesto Durán.

Prezado Doutor Miranda,

Hesitei muito antes de voltar a escrever para o senhor. Finalmente me decidi e vou lhe explicar por quê. Não tenho notícias suas há algum tempo. Na última vez que lhe escrevi, estava no meio de uma crise, solicitei sua ajuda e o senhor falhou comigo. Nunca me ligou. Tive uma emergência e o senhor não apareceu.

Não foi fácil. Tive muita dificuldade em sair do estado em que me encontrava. Por sorte, meu corpo foi reagindo lentamente até que, com o tempo, consegui me estabilizar. Tudo teve suas consequências, é claro. Entre outras coisas, devo lhe dizer que perdi meu emprego. Pouco a pouco, fui me recuperando. Não posso negar que, no começo, estava muito ressentido com o senhor. Prometi a mim mesmo que não lhe escreveria mais. E cumpri a promessa. Nunca mais lhe enviei um e-mail. Tampouco voltei a segui-lo, nem tentei procurá-lo de novo no hospital. Queria apagá-lo da minha vida, doutor.

– Ele respondeu finalmente? – Adelaide está na porta, observando-a. – Eu conheço essa cara, Karina. É uma mensagem dele, não é?

Karina aquiesce com a cabeça, um pouco incomodada com a interrupção.

– E então?

– Não é para mim. É para o doutor Miranda.

– Não acredito! – exclama Adelaide, enquanto dá a volta e espia a tela por cima dos ombros de Karina.

Mas eu não consegui, doutor. Todos os dias, acordava do mesmo jeito, com uma sensação de vazio em minhas mãos, como se me faltasse alguma coisa. Também ia dormir do mesmo jeito, com ansiedade. Não eram os sintomas habituais, era outra coisa, como uma angústia mais profunda. Até que nesta manhã, ao acordar, de repente vi tudo com clareza. Preciso escrever para o senhor, doutor. Ainda que eu esteja decepcionado, ainda que o senhor não me leia, apesar de tudo preciso escrever para o senhor.

Se o senhor me responder, tudo bem. Se não me responder, também não importa. Escrever para o senhor é a única coisa que faz com que eu me sinta melhor, a única coisa de que realmente preciso. Antes, eu achava que a gente escrevia para os outros, para que outra pessoa lesse. Não tenho mais tanta certeza.

– Está louco! – balbucia Adelaide. – E ele não diz nada sobre quando veio ver o doutor Andrés? Nem sobre a mensagem que você enviou para ele? Não diz nada?

– Exatamente – responde Karina.

– Exatamente? – Adelaide olha para ela, perplexa. – Você não percebe? Essa é a doença dele, a única doença que ele tem.

Karina assente, com o brilho de um sorriso estranho nos lábios. E imediatamente, batendo com suavidade no teclado, começa a digitar uma resposta.

No corredor do quinto andar, em frente ao quarto 508, Mariana e os filhos esperam em silêncio. Lá dentro, Andrés não sabe mais há quanto tempo está recostado sobre o pai, numa posição incômoda, mas próxima. Tudo é tão efêmero. A única coisa que não é sólida naquela sala são eles. Quando ouve o pai tossir, ele se ergue. Os dois se olham de novo.

– Do que você precisa? O que eu posso fazer por você?

O velho Miranda pensa por um momento.

– Fale comigo – ele pede, com dificuldade, como se arrastasse as palavras até os lábios. – Fale agora sobre nós.

O silêncio é uma estaca. Andrés sente que a sua língua é uma pedra. Mas de repente entende que é tudo o que eles têm, a única coisa compartilhada que resta aos dois: as últimas palavras. Aquela voz fraca, difícil, é o final do corpo, o único pedaço de vida que eles ainda têm, o som.

Como elas são? Qual é o sabor das últimas palavras?

O pai faz um pequeno gesto, estica a mão novamente, como se quisesse puxá-lo, ter seu filho ainda mais perto. Andrés se curva, quase se aninhando nele.

– Quero ir embora assim – murmura o pai. – Ouvindo você falar.

E fecha os olhos de novo. Talvez até isso doa agora. Abrir e fechar os olhos. Passar o tempo também dói.

Andrés sente então que a sua boca está cheia de cascas de árvore. Também sente uma tristeza demasiadamente profunda. Está chorando, já sem amarras, sem nenhuma contenção. A mão do pai, entre as suas, é cada vez mais leve. Por que nos custa tanto aceitar que a vida é uma casualidade?

O velho Miranda volta a abrir os olhos, tenta sorrir e depois olha para ele com uma frágil ternura.

– Fale comigo – ele repete. – Não deixe que eu morra em silêncio – ele diz.